Ukrainekind
Kriegsmonate, die mein Leben prägen werden

Impressum

© Dr. Martin Kreuels
Text und Idee: Dr. Martin Kreuels (www.martinkreuels.de)

Design: Maya Terler, Vorau (www.maya-schreibt.com)
Herstellung und Verlag: BoD – Books on Demand, Norderstedt
ISBN: 9783758367786

Martin Kreuels

Ukrainekind

Für Jessi

Prolog

24.02.2022. Ein Datum, welches immer wieder genannt wird und das in die Geschichte eingehen wird. Es müsste auch für ein Datum die Ehrung des Jahres geben, wie für das Wort oder Unwort des Jahres, denn kaum eines ist seit diesem Zeitpunkt häufiger genannt worden. Vielleicht auch, weil es einen Umstand darstellt, an denen nur die wenigsten geglaubt haben. Insider sahen das anders.
Richtig!
Experten haben gewarnt, besonders diejenigen, die sich mit Wladimir Wladimirowitsch Putin seit geraumer Zeit beschäftigt haben. Sie alle haben sicherlich nicht auf dieses eine Datum gewettet, aber dass der Tag kommen würde, haben sie gewusst. Nun ist es also so weit und Russlands Putin greift Selenskyis Ukraine an. Wolodymyr Oleksandrowytsch Selenskyj war Schauspieler, erfolgreich und ist mehr oder weniger durch einen Zufall in seine heutige Position gerutscht. Dabei hat er eine Entwicklung durchlaufen, die ihm wohl die wenigsten zugetraut haben. Olaf Scholz, der deutsche Bundeskanzler, wird wenig später von der Zeitenwende sprechen. Nicht nur in Bezug auf Selenskyi, sondern generell. Der Punkt, an dem eine weltweite Neuordnung der Machtverhältnisse begann. Ob Olaf dies für sich selbst auch so gesehen hat, wird die Geschichte zeigen. In den damaligen Debatten war er der Vorsichtige. Treiben konnte man ihn nur in den wenigsten Fällen. Seine zögerliche Art hat ihm viel Kritik eingebracht. Das Problem an Entscheidungen ist, dass ihre Auswirkungen erst durch die nachträgliche geschichtliche Analyse beurteilt werden können. Es stehen zukünftige Szenarien nun mal nicht zur Verfügung. Im Entscheidungsprozess der Regierung gab es folgende mögliche Konsequenzen:

1. Sein Zaudern hat einen dritten Weltkrieg verhindert.
2. Sein Zaudern hat zu einem dritten Weltkrieg geführt.
3. Sein Zaudern hat entweder zu mehr oder zu weniger Opfern geführt.

Es scheint so einfach zu sein, Waffen zu liefern. Gefühlt sehen alle die Notwendigkeiten ein. Aber entspricht das Gefühl auch einer zielführenden Realität? Woher sollte auch Olaf das wissen?

Der einzelne Bürger interessiert sich meist nur nachrichtlich dafür, wenn überhaupt. Eine Neuordnung der Welt betrifft ihn meist nicht persönlich. Ihm ist es egal, ob auf der anderen Seite der Erde eine Grenze neu ausgerichtet wird. Ob eine Insel zu dem einen oder zu einem anderen Land gehört. Wir kennen die Menschen, die dort leben, nicht. Wir haben keinen Bezug zu ihnen. Meist sind dies auch nur Zahlen, Fakten, vielleicht Linien auf Landkarten oder Bezeichnungen von Städten, die sich ändern. Der Bürger jedoch möchte dreimal am Tag essen, ein Dach über dem Kopf haben. Er geht seiner Arbeit nach und genießt seine Ruhe. Die meisten möchten eine Familie gründen, eventuell Kinder bekommen, Freundschaften pflegen. Ihnen ist ihre direkte Umgebung wichtig. Der Engländer sagt: My home is my castle. Die eigenen vier Wände sind das Zentrum. Tür zu, die Welt bleibt draußen. Er will leben, mehr nicht, ganz einfach und fast unmöglich, wenn er in bestimmten Bereichen der Welt lebt.

Die kleinste und vielleicht auch unwichtigste Einheit eines Volkes, für sich allein genommen, ist der Mensch. Das Individuum an sich ist unwichtig, nur im Kollektiv von Interesse und nur dann kann er etwas bewegen. Dann, wenn alle zusammenstehen, in eine Richtung gehen. Dafür ist aber ein kollektives Bewusstsein nötig und das muss erst geschaffen werden. In den wenigsten Ländern haben Einzelpersonen aus der Masse heraus irgendeinen direkten Einfluss. Mit Geld sieht das natürlich anders aus. Je mehr Geld, umso größer der Einfluss.

Daneben gibt es aber eine Größeneinheit, die regelmäßig vergessen wird, die noch kleiner ist als das Individuum, von dem wir reden. Sie haben kein Mitspracherecht, weder juristisch noch weil wir Erwachsenen es ihnen ernsthaft zubilligen würden. Sie können auf weltpolitischer oder staatlicher Ebene nichts erreichen, haben keinerlei Einfluss auf Ereignisse, werden in aller Regel auch nicht ernst genommen. Es gibt Alibieinrichtungen, wenn man meint ihnen etwas Gutes tun zu müssen. Meist geht es bei ihrer Einrichtung aber darum, dieses junge Klientel zu beruhigen.

Unsere Kinder.

Danach kommen in einer imaginären Hierarchie des Mitspracherechtes nur noch die Haus- und Nutztiere.

Dass sie, unsere Kinder, die Zukunft eines Volkes sind, wird zwar betont, natürlich, hat aber im Ernstfall keine Konsequenzen, denn in einem Krieg werden auch Geburtsstationen, Kinderkliniken, Kindergärten und Schulen bombardiert, wie wir erleben. Oder vielleicht werden diese auch gerade deshalb angegriffen, denn in einem Krieg geht es darum, ein Volk langfristig zu schädigen. Werden die Kinder getötet, fällt die Zukunft eines Volkes aus. Es geht um die Verbreitung von Angst, um zu verdeutlichen, wer hier das Sagen hat. Die Furcht regiert. Es geht um das Bestehen einer Population. Biologistisches Denken in Menscheneinheiten. Immer wieder dabei rechtes Gedankengut vermutet. Mag sein, aber wir sind nun mal Säugetiere. Der Unterschied zu denen im Stall ist aber, dass wir dies erkennen können, zumindest erkennen sollten. Das dahinter Seelen stehen, spielt in Entscheidungsprozessen keine Rolle. Das Volk als homogene Masse.

Das Buch handelt von Danylo aus Fastiw. Ob es ihn gibt, weiß ich nicht, genauso wenig weiß ich, ob es seinen besten Freund Mykyta gibt. Zwei fiktive Jungen, die die Zeit des Krieges erleben. Sie sind schon zu alt, als dass es an ihnen vorbeigeht, und sie sind zu jung, um handeln oder gar Einfluss nehmen zu können. Sie müssen es aushalten. Sie machen sich Gedanken, werden beschädigt, sowohl körperlich als auch seelisch. Was sie davon in ihre jeweilige Zukunft tragen, wird die Zeit zeigen. Ihnen gebe ich hier Raum und vielleicht sprechen sie für andere Kinder in einer Zeit, der sie nicht ausweichen können. In der es darum geht, dass jemand ihnen die Zukunft nehmen will. Den Kindern wird die Kindheit genommen. Sie werden schneller zu Erwachsenen, als es für ihre Entwicklung gut ist. Eingeflochten sind immer wieder essayhafte Sequenzen, Schlaglichter und Perspektivwechsel.

In Vorbereitung zu dem Buch habe ich viel von dem gelesen, was an aktuellen Reportagen zu Einzelschicksalen zu bekommen war. Es war erschreckend wenig. Das große Ganze wird gerne in einen historischen Kontext gestellt. Es werden Erklärungsversuche unternommen, das Geschehen einzuordnen. Der Einzelne wird dabei seltener betrachtet. Für sie steht aber der Verlust im Vordergrund ihres Lebens. Seien es Angehörige, die sterben, sei es der Verlust der Heimat, des Alltages oder von Geborgenheit. Der Unterschied zu Waisen in Friedensregionen liegt darin, dass die Kinder im Krieg kaum einen Halt bekommen können, denn die Erwachsenen haben diesen auch nicht. Ob die Erwachsenen ihn in Friedenszeiten ihren Kindern ausreichend geben, muss jeder für sich persönlich bewerten. Wir waren alle mal Kinder, aber wir haben das wohl meist vergessen.

Ich habe die Geschichte für die Kinder geschrieben, denn der Job von uns Erwachsenen ist es, dass wir den Kindern eine Zukunft geben. Ob wir Erwachsenen uns mögen, spielt dabei keine Rolle, erst recht nicht für die Kinder.

Und es ist unsere Aufgabe als Autoren:innen, denen Worte zu geben, die für das, was sie erleben, keine eigenen haben oder diese nicht äußern können. Dabei ist es unerheblich, ob es Zitate und Reportagen sind oder fiktive Geschichten auf der Basis der Realität. Wir Menschen lernen nur von den anderen. Aber dafür müssen diese auch Zeugnis ablegen. Was ist, wenn sie nichts sagen? Wie können wir uns als Menschen dann weiterentwickeln? Wenn wir als Autoren:innen unsere Arbeit ernsthaft betreiben wollen, können wir Mundersatz sein.

Nein, wir müssen es sogar!

Glücksbringerlüge

Guten Tag, ich heiße Danylo. Ich wohne in Fastiw. Die Stadt liegt etwas näher zu eurem Land, wenn ihr aus Europa kommt, als das Kiew, unsere Hauptstadt, tut. Meine Eltern und ich leben in der Ivana-Stupaka-Straße, dort, wo die hohen Häuser stehen. Mein Vater hat hinter den Häusern eine Garage, in dem mein altes Kinderbettchen steht, als ich noch klein war. Jetzt brauche ich es nicht mehr, ich bin ja schon groß. Heute habe ich ein großes Bett wie für Erwachsene. Nächste Woche werde ich auch schon zehn Jahre. Die Autoreifen für unser Auto hat Papa dort in der Garage auch hingelegt und viele andere Sachen, die wir nicht mehr brauchen und die in unserer Wohnung nur Platz wegnehmen würden. Die Reifen, die hier neben meinem Kinderbett liegen, sind schmutzig. Neben der ganzen Erde von unseren Straßen kleben überfahrene Fliegen in den Rillen der Reifen. Sie sind ausgetrocknet und wenn man gegen sie stößt, rieseln sie auf den Boden. Überall liegen Fliegenkrümel herum. In der Garage steht auch ein kleiner Schrank. Dafür hat Papa einen Schlüssel, den er an einer Kette um den Hals trägt. Mama darf da auch nicht dran.

Ich erzähle euch das, weil ich da gerade mit meinem Vater bin. Er hat heute seine grünen Sachen angezogen, die er auch zum Angeln anzieht. Er sagt, dass man sich tarnen muss, damit die Fische einen nicht sehen. Ich glaube aber, er schwindelt, denn Fische gucken doch nur unter Wasser. Seine Angelsachen will er aber heute nicht, sondern seinen Tarnrucksack und viel Zeug, was er da reinpackt. Mit Mama hat er sich vorhin gestritten. Die hat dann geweint und ist nicht mit zur Garage gegangen. Ich hatte ein bisschen Angst, als die sich gestritten haben. Das mag ich nicht. Ich habe meine Puppe mitgenommen, Tilli, die mit den roten Haaren. Die kann auch Musik machen. Die halte ich fest, wenn ich Angst habe. Die ist weich und lächelt.

Jetzt stehen Papa und ich in der Garage und er zieht seinen Schlüssel über den Kopf. Er will an den Schrank. Ich bin schon ganz gespannt, was da wohl drin ist. Vielleicht sind da Geld, Schmuck, wichtige Bücher, Bilder oder Waffen drin. Mama und ich wissen das nicht. Er öffnet die Türe und ... ach schade. Da ist nur Papier drin, ein paar Dosen und hinten in der Ecke oben rechts ein Messer. Das will er haben und greift danach. Die anderen Dinge scheint er nicht zu brauchen. Er schließt die Türe und hängt sich den Schlüssel wieder um den Hals. Dann gibt er mir das Messer, damit ich mir das ansehen kann. Es ist groß und schwer in einer ledernen Scheide.

„Ist das für mich? Das hätte ich gerne. Das sieht toll aus. Schenkst du mir das?"

Er lacht.

„Du bekommst das später mal. Jetzt brauche ich das erst einmal für meine Arbeit. Das ist mein Glücksbringer."

Jetzt verstehe ich auch, warum wir immer nur kleine oder gar keine Fische fangen. Das Messer sehe ich heute das erste Mal.

Wir gehen zurück zu Mama, die immer noch weint. Die beiden sagen nichts, schauen sich nur an und auch bei Papa fällt eine Träne auf seine grüne Jacke. Dort hinterlässt sie einen kleinen dunklen Fleck. Er greift nach der Hand von Mama und gibt ihr einen Kuss auf die Stirn. Mama schaut zum Boden. Dann schaut er mich an, streichelt mir mit seinen großen, rauen Händen über den Kopf und geht. Als die Türe hinter ihm ins Schloss fällt, weint Mama bitterlich. Das war das letzte Mal, dass ich ihn gesehen habe.

Später kommen meine Großeltern und wir essen zusammen, aber lustig wird es nicht mehr an diesem Tag. Mama hat keinen Hunger. Morgen ist Schule. Ich muss noch meine Sachen packen.

Mama hat Wochen später Post bekommen und ist ohnmächtig geworden. Den Brief habe ich nicht gelesen, aber Opa. Oma und Opa sind dann ein paar Tage bei uns geblieben.

Ich glaube, ich lege Tilli auch bald in die Garage. Es ist manchmal besser, sich auch über kleine Fische zu freuen. Vielleicht taugt der Glücksbringer doch nicht, man verlässt sich zu viel darauf.
Ich vermisse meinen Papa.

Tauben 1

Bei uns in der Straße fliegt ein Schwarm Tauben. Zwanzig müssten es ungefähr sein. Es ist schwierig, sie zu zählen, weil sie nur selten ruhig irgendwo sitzen. Wenn sie denn mal sitzen, ist es Nacht und ich sehe sie nicht. Und wenn ein Teil sitzt, läuft oder fliegt der andere Teil. Es ist immer ein Durcheinander. Alle haben unterschiedliche Farben. Ein bunter Haufen Vögel, die immer wieder durch, über und hinter der Straße ihre Kreise ziehen. Woher sie kommen, weiß ich nicht. Gefühlt waren sie immer schon da. Tagsüber, wenn sie mal gerade nicht fliegen, sitzen sie auf den Dächern der Häuser, manchmal auch am Straßenrand oder auf den Grünflächen und picken Körner und kleine Steinchen auf. Abends hocken sie in den Bäumen, aber auch nicht immer zusammen, sondern manchmal über zwei, drei Bäume verteilt. Als ob die sich vorher gestritten haben, weiß ich aber nicht.

Autos, die unter den Bäumen stehen, sehen morgens anders aus als am Abend zuvor und die Besitzer schimpfen. Kot und die glänzende Autolackierung harmonieren nicht. Meistens bleibt nach der Waschung des Autos noch ein blasser Taubennachweis übrig. Nur die toten Fliegen von der Windschutzscheibe gehen gut ab. Man kann sie auch mit dem Fingernagel abknibbeln.

Alte Menschen, meistens sind es Omas, teilen ihr trockenes Brot mit den Vögeln. Dann pickt der Schwarm die Brotkrumen vor irgendeiner Bank im Park auf. In den Momenten, wenn sie die Körner vom Boden aufsammeln, lassen sie sich nicht stören. Sie laufen durcheinander, picken, laufen, gurren, fliegen, landen und picken weiter, während immer neue Brotreste auf den Boden geworfen werden. Verstehen kann ich ihr Gurren nicht, ich spreche kein Taubisch. Bis dann irgendwann die Tüte leer ist. Dann steht die Rentnerin auf und geht nach Hause. Die Vögel sammeln die letzten Reste ein, fliegen auf und ziehen wieder ihre Kreise, als ob nichts gewesen wäre. Vielleicht suchen sie durch ihr Herumkreisen andere Omas mit neuen Tüten voller Brotreste.

Ihr Rauschen höre ich, wenn sie über mich hinwegfliegen. Dann muss ich nicht mal aufschauen. Friedlich ziehen sie ihre großen Kreise am Himmel. Im Sommer kommen dann noch die Schreie der Mauersegler dazu, die wie Kamikazepiloten durch die Straßen jagen. Die Tauben fliegen gemächlich und ruhig, die Mauersegler rasen und sind laut. Tauben unterhalten sich, wenn sie am Boden umherlaufen. Mauersegler quatschen im Flug und sind leise am Nest, wenn sie gelandet sind. Am Boden trifft man sie nicht.

Sie sind da, leben unter uns, tun nichts, außer die Autos zu bekacken und rumzufliegen. Aber auch sie werden, im Gegensatz zu den Fliegen, weniger.

Rauchen

Seitdem Papa weg ist, geht Mama mit mir auf den Spielplatz. Vorher hat das Papa gemacht, wenn er von der Arbeit kam. Er geht aber nicht mehr arbeiten.

Mama ist nicht so geduldig auf dem Spielplatz wie Papa und regt sich total schnell auf. Jedes Mal, wenn ich am Kletterseil mit dem Kopf nach unten hänge, schreit sie rum.

Papa hat dann immer gelacht. Er hat gesagt, dass er mir mal einen Fahrradhelm besorgen wird, damit ich nicht ständig neue Beulen am Kopf habe. Mama wuselt mir zu Hause durch die Haare und dann fallen ihr die Beulen auf. Sie schimpft dann. Meist bekommt auch Papa Ärger, wenn wir vorher auf dem Spielplatz waren. Er hätte nicht gut auf mich aufgepasst, dabei falle ja ich von dem Klettergerüst. Dafür kann er nichts.

Sie wird seit ein paar Wochen immer ungeduldiger. Ich glaube, der Krieg macht sie nervös. Sie hat schon dunkle Augenringe und zu rauchen hat sie auch wieder begonnen. Früher hat Papa geraucht und Mama hat mit ihm geschimpft, dass das ungesund ist. Heute raucht sie seine Zigaretten, die hier noch im Schrank liegen. Sie steht am Fenster, schaut nach draußen und bläst den Rauch raus, damit es in unserer Wohnung nicht so stinkt. Aber der Rauch schwebt hinter ihr heimlich wieder ins Zimmer. Das merkt sie gar nicht. Sie schaut dann ganz nachdenklich, wenn sie raucht. Die ganze Wohnung riecht mittlerweile nach dem Zigarettenqualm von Papa.

Oma ist das auch aufgefallen, als sie vor ein paar Tagen hier war, und sie hat Mama danach gefragt. Mama aber sagte, dass sie nicht raucht. Ich frag mal selbst.

„Mama!"

„Ja."

„Woran denkst du, wenn du am Fenster stehst und rauchst?"

Ich schaue sie an und warte auf eine Antwort. Nichts. Ich versuche es noch mal.

„Ich gehe spielen, okay?"

„Ja, mach das. Komm nach Haus, bevor es dunkel wird."

„Mach ich."

Mein bester Freund ist Mykyta aus dem Nachbarblock. Den habe ich gefragt, ob seine Mutter auch raucht. Tut sie nicht, aber sein Opa raucht wohl ganz viel. Der hat vor ein paar Monaten wieder damit angefangen. Mykyta sagte, dass er früher Soldat war und da auch geraucht hat. Ich weiß nicht, warum die Erwachsenen das tun. Wenn sie Schokolade essen würden, dann könnte ich mich auch dazu ans Fenster stellen und wir könnten gemeinsam rausgucken und ein nachdenkliches Gesicht machen. Am Fenster stehen und dabei nachdenklich gucken scheint irgendwie zusammenzuhängen.

Nachts

Mama und ich schlafen nicht mehr gut, seitdem Krieg ist. Früher bin ich abends ins Bett gegangen, Papa hat mir eine Geschichte vorgelesen und ich bin eingeschlafen. Morgens hat mich dann Mama geweckt und ich musste mich für den Kindergarten oder wie jetzt für die Schule fertig machen. Heute bringt mich Mama ins Bett und legt mir meine ganzen Sachen für draußen auf einen Stuhl neben dem Bett. Fast in jeder Nacht weckt mich Mama und dann müssen wir in den Flur. Ich muss mich dann schnell anziehen. Deshalb legt Mama die Sachen so hin, dass ich sie einfach nacheinander greifen kann. Ich würde bestimmt was vergessen, weil ich noch so müde bin und ich noch gar nicht denken kann. Dann legen wir uns auf die Matratze, auf der früher Papa geschlafen hat. Das finde ich gar nicht so schlimm, denn ich bin gar nicht richtig wach.

Mykyta und seine Mama müssen zu einem Keller hinter ihrem Haus. Der Keller hat eine Metalltür und dicke Wände. Das In-den-Keller-Rennen findet Mykyta doof, denn er muss dann nach draußen, auch wenn es regnet. Und im Keller ist es feucht und kalt. Da kommen auch andere Menschen hin. Schlafen kann er dort nicht, weil alle durcheinanderreden. Deshalb ist er tagsüber jetzt oft müde und schläft manchmal in der Schule ein.

Unsere Lehrerin ist nett. Wenn Mykyta einschläft, weckt sie ihn ganz lieb und legt ihm ein Stück Schokolade auf den Tisch. Vielleicht sollte ich auch einschlafen.

Manchmal knallt es nachts laut und das ganze Haus wackelt. Dann habe ich Angst. Ich drücke Tilli dann fest an mich und mache seine Musik an. Einmal ist auch ein Fenster kaputtgegangen. Da habe ich mich richtig erschreckt und Mama hat sich schnell auf mich gelegt. Mama ist schwer.

Opa ist am nächsten Tag gekommen und hat es geflickt. Mein Freund Mykyta und ich sind da hingegangen, wo es geknallt hat. Da waren auch noch die Feuerwehr und die Polizei. Die Männer von der Feuerwehr haben gelöscht und im Boden war ein tiefes Loch. Daraus hat es gequalmt. Der Feuerwehrmann sagte, dass da eine Rakete eingeschlagen ist. Das war eine blöde Stelle für die Rakete, weil wir jetzt auf der Wiese nicht mehr Fußball spielen können. Dafür sammelt sich jetzt Wasser in dem Loch. Ein Teil des Wassers kommt von der Feuerwehr und der andere Teil wird bestimmt noch durch den Regen kommen, dann ist das Loch voll. Vielleicht können wir im nächsten Jahr darin schwimmen oder wir finden Frösche. Angeln wird wohl keinen Sinn machen. Woher sollen denn die Fische kommen. Ob ich wohl Papas Angel benutzen darf? Dafür muss ich mal Mama fragen. Er braucht sie jetzt nicht mehr.

Feldlerche

Da, wo Papa ist, ist Acker bis zum Horizont. Für unser Land ist das typisch. Wir werden auch die Kornkammer Europas genannt. Einheitlich braun, klumpig, nicht mit der Egge zerbröselt, in geraden Linien, autistisch penibel, so sieht es hier überall aus. Leichter Nebel steigt morgens über den Feldern auf. Das seitliche Sonnenlicht beleuchtet die kleinen unzähligen Wassertropfen, die nur als waberndes Ganzes zu erkennen sind. Auf der Erde sind an manchen Stellen glitzernde Fäden von den Spinnen, die diese dort hinterlassen haben.

Inmitten der Flächen befinden sich kleine Mulden, keine Krater wie auf unserem Fußballplatz, nur wenige Zentimeter im Durchmesser. Konkav, glatt getreten von zwei kleinen Vogelfüßen. Der Boden der Mulde ist bedeckt mit wenigen Strohhalmen des vergangenen Jahres. Kein Nest aus einem Baum, eher ein wenig Deko oder die Landebahnmarkierung für den Vogel, weil alles gleich aussieht.

Der Vogel ist ackerfarben gemustert mit zwei seitlichen weißen Schwanzfedern, die nur im Flug sichtbar sind. Flachgedrückt in der Mulde schließt seine Oberseite mit dem Ackerhorizont gerade ab. Die Soldaten in ihren Stellungen tun es ihm gleich. Die Feldlerche ist von der kühlen, feuchten Nacht noch ganz steif. Still saugt sie die Wärme der aufgehenden Sonne auf, bis ihre Lebensgeister erwachen.

Wenn sie warm genug ist, steigt sie senkrecht auf und singt, was die Kehle hergibt. Sie steigt immer höher, bis sie als kleiner Punkt verschwindet.

Und die Soldaten gehen währenddessen ihrem Job nach, versuchen den Feind aufzuhalten, bis auch sie durch den Beschuss des Feindes vielleicht irgendwann verschwinden. Wie mein Papa.

Frau Jeva

Oben in unserer Straße hat Frau Jeva einen kleinen Supermarkt. Ich glaube, bei euch heißt so ein Geschäft Tante-Emma-Laden. Da gibt es alles, was wir brauchen. Die Auswahl ist nicht groß, aber das ist egal. Wenn wir viel kaufen müssen, fahren wir nach Kiew. Früher sind wir dahin mit Papa gefahren. Mama möchte nicht mehr in die große Stadt fahren. Es ist ihr zu hektisch und zu gefährlich. Deshalb gehen wir zu Frau Jeva. Was sonst noch fehlt, mal ein Huhn oder frische Wurst, bringen Opa und Oma mit. Die haben einen kleinen Garten und pflanzen Gemüse an und haben zwei Hühner für die Eier. Da steht auch ein alter Apfelbaum, an dem hängt eine Schaukel. Opa hat die für mich aufgehängt. Oma kennt jemanden, der ein paar Schweine hat. Der wohnt außerhalb von Fastiw auf dem Weg nach Kiew. Von dem bekommen wir immer mal wieder Wurst. Sie tauschen Wurst gegen Hühnereier. Ich glaube, das ist ganz gut, dass wir Oma und Opa haben. Das Fleisch ist teuer geworden in der Stadt, weil es nicht mehr so viele Schlachter gibt. Der Metzger in unserer Nähe wurde erst immer teurer, dann war er eines Tages nicht mehr da. Opa sagte, dass er weggezogen sei. Er hat keine Schweine mehr für die Wurst bekommen. Für Mama ist das alles gerade zu viel mit den Einkäufen. Eigentlich muss sie auch nicht mehr einkaufen. Sie wird immer dünner, weil sie keinen Hunger hat, deshalb weiß sie auch nicht, was sie holen soll. Ich versuche ihr zu helfen. Ich bin schon groß. Mama geht seit ein paar Tagen gar nicht mehr aus dem Haus.

Vielleicht wartet sie immer noch auf Papa und will ihn nicht verpassen. Dabei könnte sie doch einen Zettel an die Türe hängen, damit er weiß, wo wir gerade sind. Sie glaubt dem Brief nicht, in dem stand, dass Papa nicht mehr nach Hause kommt.

Wenn wir zu Frau Jeva gehen, ist das ein kleines Abenteuer. Der Laden ist so vollgestellt, dass wir immer wieder was finden, was Frau Jeva schon längst vergessen hat. Beim letzten Mal haben wir einen

Schokoriegel unter einem Regal gefunden, der war schon 2015 abgelaufen. Da war ich gerade zwei Jahre alt. Der war ganz hart und total krumm und schief. Manchmal finden wir im Zeitungsregal auch Zeitschriften, die noch von Weihnachten sind, also dem letzten Weihnachten. Dabei haben wir jetzt Sommer. Hat sie wohl vergessen wegzuräumen.

Ich glaube, Frau Jeva ist schon zu alt für ihren Laden. Aber wer soll ihn übernehmen? Ihr Sohn ist mit meinem Papa weggefahren und ihre Tochter hat zwei kleine Kinder. Die hat auch keine Zeit. Frau Jeva ist lieb. Sie versucht immer allen zu helfen, deshalb hat sie mir mal gesagt, dass sie den Laden so lange geöffnet halten will, wie es irgendwie geht. Das fällt ihr bestimmt schwer. Also wirklich schwer, weil sie so dick ist.

Ich bekomme ein bisschen Angst, wenn sie auf mich zukommt und ich in einem Regalgang bei ihr im Laden stehe. Ich hoffe dann, dass sie nicht stolpert und auf mich fällt. Mama ist ja schon schwer, obwohl sie so dünn ist, aber Frau Jeva! Ogottogott! Sie ist so breit, dass sie in dem kleinen Laden, wenn sie durch die Gänge geht, an beide Regale rechts und links gleichzeitig stößt. Dabei fällt mal was runter und rollt unter das Regal. Da kommt Frau Jeva aber nicht so gut dran. Sie sagt dann immer:

„Ach lass liegen. Räum ich nachher weg."

Tut sie dann aber nicht. Ich habe das mal beobachtet, als ihr eine Zahnbürste runtergefallen ist. Die lag am nächsten Tag immer noch unter dem Regal. Dabei habe ich dann auch gleich noch eine Nagelschere gefunden, die schon ganz verstaubt und rostig war.

Wenn sie auf mich zukommt, muss ich rückwärtslaufen, weil sie mich wegschieben würde. Dran vorbeigehen geht nicht, sie ist zu dick, drunter durch geht auch nicht, sie hat Elefantenbeine, drüber auch nicht, weil die Decke vom Laden zu niedrig hängt. Sie ist dann wie eine Dampflock, die ich mal im Museum gesehen habe.

Sie schnaubt genauso, nur dass kein Rauch aufsteigt. Aber doch, manchmal schon, weil sie Zigarre raucht. Zigarren gibt es aber aktuell kaum noch. Frau Jeva hat Haare auf der Oberlippe, unterhalb ihrer Nase, aus der auch Haare herauswachsen. Vielleicht ist Frau Jeva in Wirklichkeit Herr Jeva. Und er oder sie tarnt sich nur. Ich frag sie aber lieber mal nicht. Sie trägt ja einen Rock.

Frau Jeva hat ganz viele Sachen an. Strumpfhosen, ich glaube mehrere, Jacken, Weste, Pullover, Gummistiefel mit langen Wollsocken, ganz bunte. Meistens hat sie eine Strickmütze auf dem Kopf. Ihre Sachen sind ein wenig dreckig, als ob sie aus dem Stall kommt, dabei hat sie gar keinen. Ihre Haare sehen fettig aus und liegen ganz platt am Kopf. Das kommt bestimmt von der Wollmütze. Vielleicht sollte sie die mal abnehmen. Will sie aber nicht. Sie hat Arme, die sind so breit wie mein Bauch und sie riecht immer ein bisschen nach Schweiß. Vielleicht ist sie sehr sparsam oder eben lieb, weil sie alles für die Leute tut. Da fehlt dann auch vielleicht mal die Zeit, sich zu waschen.

Es ist gut, dass solche Leute bei uns leben. Ich mag sie. Ich möchte nur nicht von ihr in den Arm genommen werden. Ich weiß nicht, ob ich das überlebe.

Schule

Wenn ich morgens zur Schule gehe, habe ich es nicht weit, nur ein paar hundert Meter. Auf der Straße ist es morgens wie an einer Treppe im Bahnhof, wenn der Zug hält und die Leute aussteigen und auf die Treppe zulaufen. Erst knubbelt es sich oben an der Treppe und dann fließt der Strom der Menschen wie Wasser die Treppe hinunter, um sich dann in den Gängen des Bahnhofes zu verteilen. Der Weg zur Schule ist ähnlich. Von allen Seiten kommen die Kinder aus den Häusern und Nebenstraßen, dann staut es sich kurz auf der Straße wie eine kleine Schülerwelle, bis wir in der Schule in den Klassen wieder verschwinden. Zur Pause dann das gleiche Bild. Alle strömen aus den Klassen, wenn es klingelt. Dann ist auf den Fluren und Gängen ganz viel los, bevor es sich auf dem Pausenhof wieder verteilt.

Seitdem der Mann aus Russland uns weg haben will, beobachte ich was, das ich unheimlich finde. Immer mehr Plätze bei uns in der Klasse bleiben nämlich leer. Manchmal kommt das Kind ein paar Tage später wieder, es war, zum Glück, nur krank. Dann ist alles gut und wir freuen uns. Manche Plätze bleiben aber auch dauerhaft leer. Und wenn unsere Lehrerin gehört hat, dass das Kind nicht wiederkommt, steht morgens eine Kerze an dem leeren Platz. Dann beten wir, bevor wir mit dem Unterricht beginnen. Ich merke meiner Lehrerin an, dass es ihr schwerfällt. Ihr Lächeln im Laufe des Tages ist dann verkrampft oder es fehlt ganz. Manchmal steht auch keine Kerze da, sondern ein kleiner Reisekoffer. Das heißt dann, dass das Kind mit seiner Familie weggezogen ist. Das passiert in letzter Zeit immer häufiger. Den Leuten scheint es hier nicht mehr zu gefallen. Ich finde es aber noch ganz schön in unserem Fastiw, besonders bei Oma und Opa im Garten, weil ich meine eigene Schaukel habe. Auf dem Schulhof ist die ständig besetzt. Da sitzen die Mädchen und quatschen oder binden sich Schleifen gegenseitig in die Haare. Ich möchte hier nicht wegziehen.

Ich stelle mir den Mann aus Russland wie einen großen Wolf vor, der nachts durch Fastiw schleicht. Wenn wir Kinder dann draußen sind und nicht aufpassen, frisst er uns. Mama will nicht, dass ich, wenn es dunkel wird, noch draußen bin. Ob sie ihn schon mal gesehen hat? Vielleicht steht sie deshalb immer am Fenster, raucht und guckt nachdenklich. Vielleicht hält sie Ausschau nach ihm, um die Fußgänger auf der Straße zu warnen.

Hat der Mann aus Russland Papa gefressen? Tut das weh? Und wo versteckt er sich, wenn es hell ist? Ich muss Mykyta fragen, ob der mal Spuren gefunden hat. Der Arme muss ja nachts, wenn die Sirenen brüllen, immer wieder in den Keller. Dann läuft er durch die Dunkelheit. Hoffentlich wartet da nicht der Wolf auf ihn. Er ist doch mein Freund.

Geschlagen

Ich bin eine von vielen. Wir sind Massenware. Müssen wir auch sein, sonst erreichen wir nichts. Nicht, dass wir eine Meinung hätten. Es geht uns eher um die Art des Jobs. Wer aus welchem Grund sich unserer bedient, ist uns egal. Wir urteilen auch nicht nach richtig und falsch, auch Verbrechen sind uns egal. Wie gesagt, wir haben einen Job zu erledigen. Wir wirken zwar alle einzeln, aber dennoch benötigen sie uns in Mengen. Je mehr es von uns gibt, umso erfolgreicher kann eine Seite sein. Es ist aber nicht so, dass man uns hegt und pflegt, allenfalls mal säubert, aber im Großen und Ganzen gehen sie mit uns grob um. Unseren Wert sehen sie erst dann, wenn es eng wird. Wenn wir dann unseren Job erfolgreich machen, freuen sie sich, aber wir werden nie belohnt. Niemand gratuliert uns, niemand setzt uns ein Denkmal. Dabei verrichten wir den Job, da vorne, wo eigentlich keiner sein will. Wir verrichten die Drecksarbeit. Dafür werden wir geschlagen, müssen uns durch Rohre quetschen, müssen uns mit ekeligen Innereien beschäftigen. Sind einem Höllenlärm ausgesetzt, großer Hitze und physischer Gewalt. Am Ende haben wir unsere Form verloren, sind kaum wiederzuerkennen. Zuweilen versuchen sie uns zu vernichten. Dann werden wir von den eigenen Kameraden angegriffen. Es ist eine Schande. Wir gehen auf in einem Feuerball, dabei hätten wir noch so viel Nützliches tun können. Was für eine Verschwendung. Vielleicht sind wir auch zu gut in dem, was wir tun, so dass man uns am Erfolg hindern will. Kann gut sein. Es würde mich stolz machen, wenn wir es von dieser Seite aus betrachten könnten. Alle wollen uns haben. Unsere Fangemeinde ist riesig.

Im Großen und Ganzen gibt es aber eine klare Regel. Die Berühmtheit steigt mit unserem Wirkungsgrad. Je größer das ist, was wir tun, umso mehr Aufmerksamkeit bekommen wir. Je kleiner wir sind, umso eher nennen sie uns nur nach unserer Größe. Unsere großen Verwandten bekommen eigene Namen. Sie werden zu lebenden Geschöpfen.

Manche von uns werden alt, werden unbrauchbar, werden vergessen, verschwinden in der Zeit, bis sie zufällig wiedergefunden werden. Dann nehmen uns Sammler mit, wenn wir Glück haben, manchmal verschwinden wir auch in Bunkern, in der kühlen, feuchten Dunkelheit, bis Liquidatoren uns dann doch unserer Funktion berauben, nach all den Jahren. Man könnte den Eindruck einer Todeszelle haben. Jahrelang warten, um dann doch hingerichtet zu werden. Menschen trauen uns nicht, wenn wir alt und weise sind. Sie trauen nur den jungen, frischen. Dabei fehlt doch denen die Erfahrung. Es ist verrückt. Je mehr jemand glänzt, umso mehr wird ihm vertraut. Ist das so?

Mama ist traurig

Mama ist nicht mehr, wie meine Mama früher war. Früher hat sie gelacht, hat mich ausgekitzelt, war lustig. Dann sind wir durch die Betten getollt, wenn Papa auf der Arbeit war. Wir haben Fangen gespielt oder eine Kissenschlacht gemacht und waren anschließend ganz müde. Dann hat Mama uns einen heißen Kakao gekocht und wir haben selbstgebackene Watruschki mit Käse am Küchentisch gegessen und gelacht oder uns auf dem Sofa Shaun das Schaf im Fernseher angesehen. Das war schön.

Heute ist Mama nicht mehr lustig. Sie ist blass, hat ganz dunkle Augenränder und ist immer müde. Meistens hat sie keinen Hunger und nagt wie eine Maus an ihrem Brot, das sie aber dann doch nicht aufisst. Ich weiß nicht, was ich tun soll. Ich versuche sie aufzuheitern, lieb zu sein, keinen Ärger zu machen, aber meistens lächelt sie nur kurz und dreht sich dann weg. Nerve ich sie? Hoffentlich gibt sie mich nicht weg.

Wenn ich von Mykyta komme, sitzt sie oft in ihrem Sessel am Fenster, hat die dicke Decke vom Sofa um sich gelegt und schaut nach draußen. Dabei ist es gar nicht kalt. Aber sie friert immer, als ob es Winter wäre. Wenn man auch nichts isst!

Mit Oma habe ich mal darüber gesprochen und Oma hat mich in den Arm genommen. Wenn ich Oma und Opa beschreiben sollte, dann ist Oma die Ernste und Opa ist der Witzige. Die beiden, also Oma und Opa, sind jetzt häufiger da. Oma wäscht und putzt in unserer Wohnung und Opa repariert Sachen. Mit Oma mache ich jetzt meistens die Einkäufe, weil Mama nicht will. Wir gehen dann zur dicken Frau Jeva oben in der Straße. Oma passt mindestens zweimal in Frau Jeva rein, habe ich ausgerechnet. Frau Jeva ist schon ziemlich viel Mensch, eigentlich ist sie ein Doppelmensch.

Opa ist lustig, der macht immer Quatsch mit mir. Oma schimpft dann ein bisschen, aber sie meint es nicht so. Ich glaube, das gehört zum Lustigsein dazu. Wir nehmen sie gar nicht richtig ernst und

Opa tut immer so, als ob er den Kopf einziehen würde, und verzieht sein Gesicht dabei. Manchmal überrascht uns Oma und hat einen Holzlöffel in der Hand, als ob sie uns hauen will. Dabei verjagt sie uns und Opa und ich rennen weg. Opa ist aber nicht so schnell. Ich bin viel schneller als er.

Oma sagte mal, dass Mama unglücklich ist, seitdem Papa weg ist. Sie kommt damit nicht gut klar. Sie vermisst ihn sehr. Das tue ich auch. Wenn es dunkel wird, dann denke ich viel an ihn. Tilli macht dann Musik für mich, damit ich nicht so traurig bin. Tagsüber in der Schule oder nachmittags bei Mykyta denke ich nicht so viel an ihn. Ist das böse?

Schlachtfeld

Überall Krieg. Hier in dem Land, in anderen Ländern, verteilt über die ganze Welt. Jeden Tag, überall, die Nächte laut. Mann gegen Mann, heute auch Frau gegen Frau und Frau gegen Mann und andersherum, mittlerweile auch gegen Kinder, manchmal sogar gegen Säuglinge. Manche Autos haben ihre Türen mit dem Wort KINDER beschriftet. Auch sie werden immer häufiger und absichtlich beschossen.

Draußen auf den Wiesen vor Fastiw liegen durchbohrte Leiber, abgeschlagene Gliedmaßen. Reporter aus aller Welt laufen zwischen ihnen hindurch, riechen den Tod. Die Kamerabilder der Fernsehanstalten schützt die Zarten dadurch, dass sie die Bilder verpixeln. Sie wollen keinem das Leid zu sehr zumuten. Die Augen der Menschen vor Ort haben keine Pixelfunktion, sie müssen es aushalten mit allen Sinnen wahrnehmen. Den Geruch von Tod, die Schreie der Sterbenden, der Blick auf die aufgeschlitzten Körper. Der Zuschauer am Fernsehen sitzt warm, weich und trocken und hat die Tüte Chips auf dem Tisch, daneben steht das Bier oder das Glas Rotwein. Reicht die Rolle des Zuschauers heute noch?

Das Feld ist voll Toter. Ein kalter Wind treibt den Geruch vor sich her. Ob toter Russe oder toter Ukrainer ist dabei völlig egal, der Geruch ist gleich. Bis zum Horizont ist die Ebene nicht begehbar. Alles vermint, wie ein Fünftel oder ein Viertel der Ukraine. Dabei ist die kleinere Zahl die größere. Die Leiber der Getöteten verschwinden mit den Wochen und Monaten, werden aufgenommen von der Erde, von den Tieren, die dort leben. Übrig bleiben Kleidungsfetzen, verrostete Gerätschaften, verbogenes Arbeitsmaterial, ausgebrannte Fahrzeuge. Im kommenden Frühjahr wachsen dort mehr Blumen als im Jahr zuvor. Und auch anhand der Verteilung der Blumen lässt sich nicht mehr sagen, welcher Soldaten aus welchem Land dort lag. Den Blumen ist es egal, sie nutzen die neuen Nährstoffe, wer sie ihnen liefert, recherchieren sie nicht. Viele neue

Farben sind überall und ein fröhliches Summen auf einer Fläche, die im Jahr zuvor noch still war.

Unser Auto

Wir fahren einen grauen Toyota Corolla, der mal wieder gewaschen werden müsste. Wir kommen dazu aber nicht. Wie an Masern erkrankt sieht die Windschutzscheibe aus. Dort, wo kleine schwarze vertrocknete Fliegen kleben. Stupst man sie an, zerfallen sie sofort zu Staub, weil sie vertrocknet sind. Also eigentlich ist Papa den meistens gefahren. Mama kann zwar auch fahren, aber sie will nicht mehr. Ich habe sie erst einmal fahren gesehen. Da mussten wir nach Kiew und Papa war nicht da. Wir wollten etwas für das Schlafzimmer einkaufen, das wir in Fastiw nicht bekommen konnten. Sie ist sehr langsam gefahren. Ich habe den ganzen Weg meine Kapuze aufgehabt und nach unten in mein Buch geschaut, damit mich keiner sehen kann. Sie sagt, sie sei aus der Übung und müsse erst einmal wieder üben. Dafür wäre ein Weg über die Felder nicht schlecht, da wo nicht so viele Autos fahren. Das geht aber im Augenblick nicht. Viele Wege sind gesperrt. Der Mann aus Russland hat runde Metallkisten in den Boden vergraben, die fliegen in die Luft, wenn man darüberfährt und dann ist das Auto kaputt. Die müssen wir erst wegräumen. Der Papa von Mykyta macht das. Ich habe ihn einmal gesehen, als er seine Arbeitssachen getragen hatte. Dann läuft er rum wie ein Roboter. Ganz dicke Jacken muss er tragen und er schwitzt fürchterlich unter denen. Wenn er nicht ein Namensschild am Ärmel tragen würde, wüsste niemand, wer da drinsteckt. Vielleicht haben sie deshalb seinen Namen auf den Ärmel geschrieben. Bestimmt. Bei der Arbeit hat er einen Detektor dabei. Das ist ein Stock mit einer Scheibe am Ende. Diese hält er ganz flach über den Boden und wenn da was drunter ist, es muss Metall sein, dann piept sein Stock laut. Dann weiß er, wo er graben muss. Zuerst steckt er dann ein kleines Fähnchen in den Boden. In seinen dicken Sachen kommt er nämlich nicht gut runter, um zu graben. Seine Kollegen kommen dann mit einer kleinen Handschaufel, wie Opa die für den Garten hat, und graben dann an der

Stelle, wo er das Fähnchen in den Boden gesteckt hat.

Ich muss mal Mykyta fragen, ob wir uns den Stock ausleihen dürfen, dann können wir im Park nach Münzen suchen. Die sind auch aus Metall, glaube ich.

Papa hat unser Auto nicht mitgenommen, als er gefahren ist. Er wurde mit einem Bus abgeholt. In die Garage passt unser Auto nicht, weil wir die als Abstellkammer nutzen. Weil da kein Platz ist, steht der Wagen also vor dem Haus. Als es vor ein paar Tagen nachts so laut geknallt hat, hat auch unser Auto ein wenig davon abbekommen. Das haben wir erst am nächsten Mittag gesehen. Eine Seitenscheibe hat jetzt einen Riss. Opa hat die von innen und außen geklebt. Die müssen wir jetzt erst einmal so lassen und dürfen die nicht rauf- und runterfahren. Opa sagte, dass wir damit nicht in die Werkstatt fahren müssen, weil die gerade keine Scheiben haben. In der Straße stehen viele kaputte Autos. Manche sind auch ausgebrannt, andere kann man gar nicht mehr als Auto erkennen. Hoffentlich regnet es nicht in das Auto, denn das ist die Seite, wo mein Kindersitz ist.

Bäume in der Stadt

Seitdem der Mann aus Russland uns weghaben will, haben wir Winter in den Straßen. Die Bäume haben keine Blätter mehr. Jeder Baum ist ein Skelett, viele haben eine schwarze Rinde. Früher, wenn ich mit Mykyta unterwegs war, haben die Bäume noch Schatten geworfen, weil sie voll mit Blättern waren. Jetzt ragen nur noch kahle Äste in den Himmel. Das sieht schlimm aus. Was ich aber noch schlimmer finde, ist, dass mit den Blättern auch die meisten Vögel verschwunden sind, bis auf einen Trupp Tauben. Seitdem ist es hier stiller geworden. Tauben singen nicht so gerne. Man hört nur noch Motoren, aber keine Vögel mehr. Auch morgens, wenn wir wach werden, sind keine Vogelstimmen mehr zu hören. Es ist einfach nur noch still. Die Leute hier sägen jetzt die Bäume um. Vielen ist kalt, oder sie lagern das Holz für später ein, so dass sie das nutzen, was sie finden können. Ein Baum ohne Blätter macht auch keinen Sinn mehr, man kann ja auch keine Wäsche zum Trocknen daran hängen. Für Brennholz taugt er aber noch ganz gut. Jetzt stehen die Leute in Opas Alter an den Straßen und fällen die Bäume. Dann wird kurz die Straße abgesperrt, so dass die Autos anhalten müssen, der Baum wird abgesägt, schnell von der Straße gezogen und die Autos können weiterfahren.

Irgendwann haben wir keine Bäume mehr hier in der Ivana-Stupaka-Straße. Im Kindergarten neben der Schule, da wo ich damals hingegangen bin, haben sie jetzt angefangen Baumsamen zu pflanzen. Dafür haben die Kinder viele kleine Blumentöpfe mit Erde aufgestellt und die Kindergärtnerin ist in den Wald vor Fastiw gegangen, um Samen zu sammeln. Das hat sie heimlich gemacht und allein, damit sie nicht erwischt wird. Das war bestimmt ein Abenteuerausflug. Die Eltern der Kindergartenkinder haben mit ihr geschimpft, weil auch im Wald überall Minen liegen. Sie aber hat nur gelacht und ist am nächsten Tag gleich wieder in den Wald gegangen. Im kommenden Jahr wollen die Kinder dann neue kleine Bäume in der Stadt pflanzen. Das hat mir Mykyta erzählt. Das kleine Mädchen aus seiner Nachbarschaft geht noch in den Kindergarten. Ich finde das super, denn sonst haben wir hier nur noch Steine und keine Vögel mehr.

Frau Jeva sagte mal, dass es in der Stadt wärmer wird, wenn es keine Bäume gibt. Die weiß wirklich viel. Sie spricht jeden Tag mit ganz vielen Leuten. Vielleicht hat es ihr jemand erzählt. Ich wusste gar nicht, dass Bäume Kühlschränke im Stamm haben, die dann die Stadt kälter machen. Aber vielleicht meint sie ja auch was anderes. Ich muss mal Mama fragen, ob unser Kühlschrank zu Hause auch aus einem Baum kommt.

Der Regenwurm hasst den Regen

Am nächsten Tag ist Dauerregen. Ich bin bei Opa im Garten und schaue mir die Tiere vor mir auf dem Boden an. Ich glaube, die Regenwürmer hassen den Regen. Sie kommen alle erst dann aus dem Boden, wenn es regnet, aber dann ertrinken sie in den Pfützen. Das Wasser läuft bei Regen in ihre unterirdischen Gänge und wenn sie daraus nicht flüchten würden, könnten sie schon unter der Erde ersticken. Kommen sie aber an die Oberfläche, warten dort Opas Hühner oder auch Opa selbst, weil er sie zum Angeln braucht. Für den Regenwurm ist der Regen doof. Vielleicht sollte man ihn Sonnenwurm taufen, weil er nur dann leben kann, wenn es trocken ist und er unter der Erde seine Gänge graben kann, dort, wo ihn keiner sieht. Wir nennen ja eine Amsel auch nicht Frontscheibe oder Kühlergrill, nur weil wir die Todesursache gleich mit in den Namen einbauen, wie wir es beim Regenwurm tun.

Sonnenwurm ist aber auch nicht gut, denn Sonne mag er ja auch nicht, weil er dann zu schnell austrocknet. Warum nennen wir ihn nicht einfach Erdwurm oder Erdschlange, das passt doch am besten. Vor mir liegt ein Erdwurm und windet sich in einer kleinen Wasserlache, die er verlassen muss, bevor er ertrinkt. Ich schaue zu, wie er sich windet, und denke noch, wie lange das wohl dauern wird, als ein Huhn kommt und ihn wegpickt. Ich schaue dem Huhn hinterher, wie es den Wurm runterschluckt. Es scheint ihm egal zu sein, dass es gerade ein anderes Tier gegessen hat. Es hat nicht mal gefragt. Jetzt ist es zwar auch wieder dunkel für den Wurm, dafür wird er sich nun aber auflösen, denn ein richtiges Fell hat er nicht. Das ist schon ein eigenartiges Tier. Dass es überhaupt noch Regenwürmer gibt, wo doch alle hinter ihm her sind. Vielleicht sollte ich mal welche züchten, damit Opa genügend von ihnen im Garten hat.

Oma ruft, ich muss zum Essen. Ob es Regenwurmsuppe gibt? Ich hoffe nicht.

Essen

Ich esse gerne Schokoladenpudding. Immer wenn ich mir weh tue, kocht mir Mama Schokoladenpudding. Manchmal gibt es den auch am Sonntag zum Nachtisch. Papa hat den mit Sahne gegessen. Jetzt gibt es ihn nur noch selten, obwohl ich mir immer noch regelmäßig weh tue. Das ist schade. Mama sagte, dass man den nur noch schlecht bekommt und der teurer geworden ist. Frau Jeva hat ihn auch schon ein paar Tage nicht mehr in ihrem Laden. Seit wir den Ärger mit dem Mann aus Russland haben, ist vieles schwieriger geworden.

Wir tauschen jetzt manchmal Dinge mit anderen Menschen, weil es nicht mehr alles im Laden gibt. Hinter unserem Haus, im Hof, treffen sich jetzt fremde Menschen und tauschen Dinge. Das ist dann wie ein zweiter Laden, nur ohne Dach. Hier gibt es neben Lebensmitteln auch Lampen, Tische oder Zigaretten. Alles durcheinander. Man darf auch durcheinander tauschen, was ich lustig finde. Dann bekommt man für einen Stuhl einen Sack Äpfel oder für drei Eier eine Packung Buntstifte.

Mama hat keinen Hunger mehr. Ihr ist das alles auf den Magen geschlagen. Sie wird immer dünner. Dick war sie nie, aber dicker als jetzt war sie schon. Wenn sie in der Dusche steht, kann man ihre Rippen zählen, so dünn ist sie. Auch an ihrer Hüfte kann ich jetzt alle Knochen sehen. Oma macht sich Sorgen, weil Mama nicht genug isst. Sie sagte, dass Mama auch früher keine gute Esserin war, aber das scheint noch mal schlimmer geworden zu sein. Deshalb kocht Oma jetzt häufiger für uns. Mama hat keine Lust mehr zu kochen. Oma macht dann dicke Suppe und rührt viel gutes Fett rein, wenn es welches gibt, damit Mama wieder dicker wird. Auf der Suppe schwimmen dann kleine Augen, die einen ansehen. Meistens schafft Mama nur einen Teller, dann ist sie satt und die übrig gebliebenen Fettaugen gucken böse.

Opa hat letztens mit ihr geschimpft, aber Mama hat nichts gesagt, nur eine Träne ist ihr aus dem Gesicht gefallen. Da hat sie mir leid-getan. Oma und Opa machen sich richtig Sorgen. Wir müssen alle gut aufpassen auf meine Mama.

Frau Jeva sieht das auch so. Sie steckt uns manchmal ein bisschen Schokolade zu, wenn wir bei ihr sind. Sie blinzelt mich dann an und macht eine Bewegung mit dem Kopf zu Mama hin. Ich glaube, das soll heißen, dass Mama etwas von der Schokolade abbekommen soll und ich nicht alles mit Mykyta aufessen darf.

Opa hat gestern gegen ein kleines Fläschchen Maschinenöl einen Hahn eingetauscht. Bisher hatte er nur zwei Hühner, von denen wir die Eier gegessen haben. Jetzt will er mit den Hühnern und dem Hahn Babys machen. Das wird lustig. Irgendwann haben wir dann einen Zoo im Garten von Oma und Opa.

Eichhörnchen

Mykyta und ich laufen durch unsere Straße. Es ist Nachmittag, die Schule ist aus und wir haben nichts zu tun. Die Sonne scheint, es ist warm und der Himmel ohne Wolken. Wir wollen mal schauen, ob wir was Spannendes finden oder ob irgendwo unsere Freunde spielen, denen wir uns dann anschließen können. Es ist einer dieser Nachmittage in einem Sommer, der so entspannt ist, weil einfach nichts ansteht, außer sich zu treffen, zu quatschen oder vielleicht etwas Fußball zu spielen. Wir Kinder stehen zusammen am Rande des Parks, auf dessen anderer Seite unsere Schule und der Kindergarten von Mykytas Nachbarin liegen. Hier stehen auch noch ein paar grüne Bäume und bieten etwas Schatten.

Zeit, Luft zu holen, nicht nachzudenken. Nur Mama denkt zu viel, Opa und Oma arbeiten zu viel, um uns zu helfen, dabei sind sie alt. Die Menschen wirken insgesamt grau. Die Zeit ist anstrengend. Erholung gibt es nicht. Alle haben ständig und überall Stress. Viele humpeln und tragen Verbände. Die Autos sind dreckig und kaputt, dem einen fehlt das Licht, der andere hat Beulen, der dritte eine kaputte Scheibe, manche haben Einschusslöcher. Die meisten Bäume tragen keine Blätter, die Vögel sind weg, viele Häuser haben eine kaputte Wand oder die Scheiben fehlen.

Mykyta sagte letztens, dass wir auf einem Müllplatz leben und so wirklich Unrecht hat er nicht. Überall liegen Trümmer an den Straßenrändern, die keiner wegräumt. Warum auch. Es kommen ja ständig neue hinzu.

Auf einmal trappelt es leise hinter uns und ein Eichhörnchen kommt den Baum heruntergeklettert. Es hat keine Angst. Bleibt kurz stehen, schaut uns an und kommt dann näher. Es sucht etwas. Eines der Kinder hebt eine Nuss auf, hockt sich auf den Boden und hält dem kleinen Wicht die Nuss hin. Das Eichhörnchen schaut und ist sich unschlüssig, was es tun soll. Zum einen besteht die Gefahr, die von diesen großen Menschen ausgeht, und zum anderen lockt die

Nuss. Langsam kommt es näher, schnuppert, kommt noch etwas näher, macht wieder einen Schritt zurück und erreicht dann doch die Hand, auf dessen Innenfläche die Nuss liegt. Wir Kinder sind atemlos still und beobachten, was der Kleine als Nächstes tun wird. Nur noch wenige Zentimeter bis zur Nuss.

Er nimmt allen Mut zusammen, klettert auf die Hand, schnappt sich die Nuss und rennt zum nächsten Baum. Den Stamm sprintet er mit der Nuss zwischen seinen Zähnen hoch und verschwindet zwischen den Ästen. Wir Kinder stehen am Fuße des Baumes und schauen schweigend hinterher. Alle lächeln, alles ist gerade leicht.

Auf dem Waldboden

Kleines, braunes Tierchen, niedlich anzusehen. Ein hoher Herzschlag hetzt es durchs Leben. Große Augen. Keine Ruhe, suchend, die Gegend immer beobachtend. Knackt es, rennt es. Der Bussard ist lautlos. Sein Dolchstoß ohne Entkommen. Eine Handvoll Leben, zu leicht ausgehaucht, zwischen Blättern und Ästen am Boden. Lebenserwartung nur Monate. Der Methusalem erreicht Weihnachten, die anderen gehen nach den Sommerferien. Ein heimliches Leben in einem Loch im Boden, am Fuße eines Baumes, zwischen Wurzeln. Ausgekleidet mit Blättern, Moosen, Haaren und Federn. Manchmal ein wenig Stoff.

Ist die Luft rein, sucht das Fellchen Futter. Wittert es Gefahr, greift es auf geklaute Vorräte zurück, bleibt versteckt. Ist die Gefahr anhaltend, verhungert es. Ein Leben im Stress. Es gibt sie überall. Manchmal sind es viele, der Bussard lacht und tanzt, teilt mit der Eule und dem Fuchs, manchmal sind sie einsam oder vertrocknet als Mumien hoch oben in den Bergen.

Die Ernte ist ihre Zeit. Das Paradies im Jahresverlauf, dann, wenn sich die ersten Pfützen auf den Feldern bilden. Der Bauer arbeitet schlampig oder ist er mitfühlend? Wer weiß? Die Saat, sein Eigentum, tragen sie ein in ihre unterirdischen Höhlen. Kleine gehetzte Diebe, immer auf der Flucht. Der Winter wird lang, ihr Stoffwechsel ist zu schnell. Pflanzliche Nahrung ist gut, tierische wäre besser. Raubtiere sind sie nur formal.

Zuweilen ist der Mäusegott gütig. Manchmal liefert er Fleisch und Nistmaterial in einem. Verpackt in Stücken, verteilt im Wald oder auf Wiesen. Ein Puzzle für viele. Manchmal roh, manchmal gegrillt. Sie wissen nie, wo es das nächste Mal etwas gibt. Sie wissen nicht wann. Nur wenn er kommt, preisen sie ihn. Sie lesen die Messe. Er gibt ihnen Zeichen, sie falten die Pfoten und verneigen sich. Erst stampft er auf, ist laut, der Boden vibriert, als ob eine Welle diesen durchläuft, dann hinterlässt er eigenen Weihrauch, dann ist Ruhe.

Die Zeichen für die Erdlochbewohner sind immer gleich. Technischer Ablauf.

Das Ritual für den gedeckten Tisch, dann, wenn Vater die Glocke schlägt. Das Erntedankfest.

Sie sammeln, tragen ein und essen, so viel sie können. Den Winter gilt es zu überleben. Gott ist gütig. Es stört nur der Ehering des Soldaten im Erdloch, er erinnert zu sehr an Gott und nimmt hier Platz weg.

Fliegende Schmetterlinge

Mykytas Papa ist ein großer Mann. Viel größer als mein Papa. Und breit ist er auch. Wenn er vor mir herläuft, stehe ich im Schatten, er verdeckt die Sonne vollständig. Wenn er seine Sachen für die Arbeit trägt, ist er noch mal größer. Einmal habe ich ihn mit freiem Oberkörper gesehen. Überall hat er Narben.

„Woher hast du die ganzen Narben?"

„Meine Arbeit ist gefährlich. Immer mal wieder explodiert eine Bombe. Mein Schutzpanzer hält dann zwar das meiste ab, aber eben auch nicht alles."

„Wenn die Arbeit so gefährlich ist, warum machst du es dann?"

„Wir Männer sind Soldaten. Wir müssen unsere Kinder und unsere Frauen und vor allem unser Land verteidigen. Dabei hat jeder seine Aufgabe. Ich kenne mich gut mit Minen aus, weiß, wie man die auseinander-, aber auch zusammenbaut, also mache ich den Job. Früher habe ich mal in einer Fabrik als Konstrukteur gearbeitet. Heute werde ich draußen auf den Straßen und Feldern gebraucht."

Dabei lacht er und Mykyta lacht mit und hält sich an ihm fest. Die großen Hände liegen auf den Schultern meines Freundes.

Mykytas Mama schaut weg.

Zwei Tage später fliegt ein einzelnes Flugzeug über Fastiw und wirft bunte Schmetterlinge über uns ab. Sie taumeln langsam zu Boden. Ganz bunt sind sie mit großen Flügeln. Sie schweben runter, manche flattern und dann liegen sie überall im Kindergarten und in der Schule auf dem Boden. Es sind Geschenke für die Kinder, denken wir.

Wir Kinder haben uns riesig gefreut und haben gelacht, als sie langsam runtersegeln. Nur Mykytas Vater nicht. Er schreit und reißt Mykyta und mich von der Straße. Wir finden das total doof, weil wir auch einen Schmetterling haben wollen. Wir wollen uns losreißen und wieder auf die Straße rennen, aber der Vater von Mykyta hält uns fest. Er hält uns so sehr fest, dass ich am nächsten Tag seinen

Handabdruck am Arm habe. Alles ist blau. Ich kann es nicht verstehen, warum er auf einmal so böse ist. Es sind doch nur bunte Schmetterlinge.

Einen Tag später habe ich mich über meine blauen Arme gefreut, als ich sie mir morgens beim Zähneputzen im Badezimmer angesehen habe. Und ich bin ihm auch überhaupt nicht mehr böse. Ein Kind aus meiner Klasse wurde nicht festgehalten. Das hat jetzt keine Arme mehr. Die Schmetterlinge waren Kinderbomben.

Stille um uns und in uns

Wenn wir nicht sehen wollen, schließen wir die Augen. Wenn wir nicht reden wollen, schließen wir den Mund. Genauso, wenn wir nicht schmecken wollen. Wenn wir nicht fühlen wollen, bewegen wir uns nicht und stoßen nicht an. Die Ohren sind aber immer auf. Sie sind wie offene Türen. Jeder Ton kann ungehindert eintreten, wir können das Ohr nicht direkt abschalten. Der Ton bittet nicht um Einlass. Er ist ein Egoist.

Oder vielleicht doch ein Engel?

Wollen wir nicht hören, müssen wir die Ohren aktiv verschließen. Wir nehmen unsere Hände und halten sie davor, wir setzen Schallschutzkopfhörer auf, gehen an stille Orte. Steigen hinab in Höhlen, hinauf auf Berge, tauchen ein in das Wasser, gehen in schalltote Räume. Warum müssen wir aktive Handlungen vollziehen, um der Welt der Geräusche zu entgehen? Heute?

Aber wie alles im Leben ist das Hören Segen und Fluch zugleich. Stören wir uns heute an dem ständigen Lärm allenthalben, war es nachts, als wir noch am Lagerfeuer schliefen, unser Segen, das Ticket, um den nächsten Sonnenaufgang zu erleben. Das Knacken des Astes, das Stoßen des Fußes an einen liegengebliebenen Stein war das Geräusch, welches ungehindert in unser Ohr, in unser Gehirn zu unserer Wahrnehmung fliegen konnte und dazu führte, dass der Körper augenblicklich aufgeweckt wurde, um sich zu verteidigen.

Vielleicht ist uns Stille deshalb so wichtig, weil wir sie suchen müssen. Stille sortiert unser Leben, dann werden wir der Ablenkung beraubt. In der Stille höre ich nur noch das Rauschen des Blutes in meinen Ohren. Der Ton, den ich selbst erzeuge. Ich werde auf mich reduziert. Manche halten das nicht aus.

Die Stille zu finden, ist nicht selbstverständlich in dieser lauten Welt, in der das Knacken des Astes, das Stoßen an einen Stein keine Bedeutung mehr hat. In unserer Umgebung sind überall Töne. Ist die Bettnachbarin still, kontrollieren wir ihre Temperatur.

Ich stehe im Garten von Opa, nachts. Eine Waldohreule fliegt an mir vorbei. Lautlos kreist sie durch den Garten wie ein Geist. Runde für Runde. Der Flügelschlag ist nicht hörbar, auch nicht für die Maus im Gras. Auch für sie wird es still an diesem Abend. Der Schnitter erntet. Aber anders, sie hat vergessen ihr Ticket für den nächsten Sonnenaufgang zu lösen. Vielleicht hat sie nicht gut im Vorfeld hingehört.

Mama ist müde

Nach dem Ereignis mit den Schmetterlingen hat Mama nur noch geweint. Dabei ist nichts passiert, zumindest nicht für mich. Sie weint sowieso in letzter Zeit viel und isst fast nichts mehr. Meistens friert sie und sitzt im Sessel im Wohnzimmer, eingehüllt in ihre Decke. Die Einkäufe bei Frau Jeva mache ich jetzt ohne sie. Manchmal kommt dann Mykyta mit, damit wir die Einkaufstasche zusammen tragen können. Allein einkaufen ist gar nicht schlecht, weil wir die Schokolade dann auch behalten können. Mykyta und ich gehen dann hinter den Laden von Frau Jeva, da, wo uns keiner sieht, und hocken uns auf die leeren Kisten, die dort stehen und rumliegen. Da kann man in Ruhe die Schokolade essen, ohne dass die anderen etwas abhaben wollen.

Im Haushalt hilft uns Oma immer häufiger. Sie putzt, kocht Suppe, die dann ein paar Tage hält. Die kann ich mittlerweile auch allein warm machen. Meistens bringt Oma auch ein paar Eier von den Hühnern aus dem Garten mit.

Mama macht das alles nicht mehr. Sie ist so furchtbar blass und ihre Knochen kommen überall durch. Sie wirkt schon ein wenig wie ein Skelett. Erst haben Oma und Opa geschimpft. Jetzt tun sie das nicht mehr. Es hatte keine Wirkung. Mama hat nichts verändert. Ob sie krank ist? Sie versuchen zu helfen und hoffen, dass es Mama irgendwann besser geht. Sie haben viel Geduld und ich glaube, ihnen tut Mama leid. Oma sagte mal, dass Mama in einem dunklen Loch sitzt und nicht weiß, wie sie da rauskommen soll. Da das Loch so tief ist, hört sie auch nicht die Vorschläge, die wir ihr vom oberen Rand hinunterrufen. Sie müsste nur eine Leiter aufstellen und dann hochklettern. Dafür fehlt ihr aber die Kraft. Wir müssen alle warten, bis sie die Kraft dafür hat.

Einmal in der Woche kommt eine Frau von der Stadt. Die kümmert sich um Frauen, deren Männer im Krieg sind oder waren. Sie spricht dann lange mit Mama und meine Mama weint dann viel.

Aber sie spricht wenigstens mal. Ich soll dann bei den Gesprächen rausgehen. Die Frauen wollen ungestört sein. Meistens gehe ich dann mit Mykyta einkaufen.

Mit mir spricht Mama nicht mehr so viel und wir toben auch nicht mehr. Ihr fehlt dazu die Energie. Mama läuft wie Oma, dabei ist sie viel jünger. Ganz krumm und langsam bewegt sie sich durch die Wohnung. Sie altert, obwohl sie noch jung ist. Gibt es eine Krankheit, bei der man jung schon altert?

Die Hühner sind tot

Ich bin an diesem Abend wie immer ins Bett gegangen. Mama hat meine Draußensachen über den Stuhl gelegt und ist dann ins Wohnzimmer gegangen. Sie hat sich in ihren Sessel gesetzt, sich zugedeckt, den Fernseher angeschaltet und eine Zigarette angezündet. Ich bin schnell eingeschlafen an diesem Abend. Wenn ich den Fernseher aus dem Nachbarzimmer höre, weiß ich, dass sie da ist. Das ist beruhigend und ich kann gut einschlafen.

Ich weiß nicht wann in dieser Nacht, aber auf einmal stand Mama in meinem Zimmer und hat mich geweckt. Draußen heulten die Sirenen. Ich habe mich schnell angezogen, wie ich das schon häufiger machen musste und wir sind in den Flur gegangen, um uns dort auf die Matratze von Papa zu legen. So weit kannte ich das alles schon und ich bin dort auch gleich wieder eingeschlafen, als es plötzlich furchtbar geknallt hat. Das Haus wackelte wie bei einem Erdbeben und ganz viele Sachen, Schmutz, Staub, Splitter, Glas, Holz und Rauch flogen durch unsere Wohnung. Mama hat sich auf mich geworfen und in die Matratze gedrückt. Sie hat geschrien. Ich habe keine Luft mehr bekommen, so hat mich Mama runtergedrückt. Es kam alles so furchtbar schnell. Wie ein Donner.

Als der Krach zu Ende ist und es stiller wird, kriecht Mama von mir runter und ich bekomme wieder Luft. Aber eigentlich auch wieder nicht, weil die Luft voller Staub ist. Erst ist es für ein paar Augenblicke total still, dann hören wir Stimmen, Schreie, Menschen rufen durcheinander und die Feuerwehrsirenen heulen in der Ferne. Mein Herz pocht ganz laut.

In unserer Wohnung ist alles dunkel. Der Strom ist ausgefallen, aber durch die Tür sieht es so aus, als ob es irgendwo brennt.

„Alles gut, Danylo?"

„Ja, alles gut. Was war das, Mama?"

„Draußen ist eine Rakete eingeschlagen. Ist wirklich alles gut bei dir?"

„Ja, ja. Du bist schwer."

Mama klopft sich den Staub von den Sachen und versucht aufzustehen. Überall liegen Trümmer herum. Bretter, Bücher, die Pflanzen von der Fensterbank, die Schränke sind umgekippt, die Stühle, der Tisch, alles ist durcheinander.

Wir öffnen die kaputte Tür zur Küche. Sie hängt nur noch halb in ihren Angeln. Die Küche fehlt teilweise. Dort klafft ein großes Loch. Die Rakete ist auf der Straße eingeschlagen und hat die Fassade unseres Hauses weggerissen. Mama geht in das, was früher einmal Küche war, und schaut auf die Straße hinab, auf der zwei Autos brennen. Sie bleibt stehen, bewegt sich nicht, ist wie erstarrt.

„Wir müssen hier raus."

Jetzt wird sie hektisch, greift nach den bereitstehenden Taschen im Flur, die sie immer fertig gepackt hat. Erstaunlich, denn in den vergangenen Wochen war sie nur noch träge.

„Komm, wir müssen hier raus", schreit sie.

Ich rapple mich auf und folge ihr zur Haustüre. Im Flur kommen die Nachbarn von oben. Das ganze Treppenhaus ist voller Rauch und Staub. Auch hier liegen überall Trümmerteile herum, vor allem Glassplitter. Es knirscht überall, wohin wir auch treten. Alle rufen und schreien durcheinander. Irgendjemand hat eine Taschenlampe. Der Lichtkegel ist wie ein Lichtschwert in der staubigen Luft. Wir rennen die Treppe hinunter auf die Straße, die mit Trümmern übersät ist.

„Was machen wir jetzt?"

Mama dreht sich um und schaut unser Haus an. Die Wand zur Straße fehlt größtenteils. Unsere Küche, zumindest der Rest davon, ist jetzt für alle zu sehen. Da kann keiner mehr wohnen. Es ist alles kaputt.

„Ich weiß nicht, ob das Haus noch stabil ist. Das sollten wir nicht riskieren. Nicht, dass es noch einstürzt, wenn wir da drin sind."

Ich muss wohl große Augen gemacht haben.

„Wir gehen jetzt zu Opa und Oma. Da sind wir erst einmal sicher."
Mama fasst mich an die Hand und wir steigen über die Trümmer
die Straße hinauf. Mama hat unser Auto bei Frau Jeva vor dem La-
den geparkt, weil vor unserem Haus alle Parkplätze belegt waren.
Zum Glück, denn den Parkplatz vor unserem Haus gibt es jetzt
nicht mehr. Die Rakete ist genau dort eingeschlagen. Anstelle der
Straße ist da jetzt ein tiefer Krater, ganz ähnlich dem auf unserem
Fußballplatz.

„Mama, das ist doch doof, jetzt ist hier auch noch ein Loch, wie auf
unserem Fußballplatz. Wie sollen denn da die Autos parken? Wo
gehen wir hin?"

„Wir fahren zu Oma und Opa, habe ich doch gesagt."

Mama ist gereizt.

„Fahren? Du?"

Darauf antwortet sie nicht mehr. Das Auto ist zwar zugestaubt und
fliegenübersät, aber nicht kaputt. Mama fährt zu ihren Eltern ganz
langsam. Überall sind Feuerwehrautos unterwegs. Die Nacht ist hell
erleuchtet mit flackerndem gelborangem Licht des Feuers und den
blauen Lichtblitzen der Rettungsfahrzeuge. Wenige Minuten später
kommen wir an. Auch meine Großeltern haben den Einschlag der
Rakete gehört und sich große Sorgen gemacht, auch bei ihnen hat
die Erde gebebt. Sie stehen beide mit Bademänteln und Schlafanzü-
gen bekleidet vor ihrer Haustüre und schauen in Richtung unserer
Straße.

Die Hühner haben sich so sehr erschreckt, dass sie tot umgefallen
sind. Eines hat dabei noch ein Ei gelegt, wohl eher verloren vor
Schreck. Der Hahn steht zwischen seinen verstorbenen Mitbewoh-
nerinnen und weiß nicht so recht, was er tun soll.

Bei Oma und Opa

Wir sind froh, dass uns nichts passiert ist. Dass die Wohnung kaputt ist, ist schlimm. Aber die Nachbarschaft, die es bisher gab, ist sowieso bereits Geschichte. Einige der Nachbarn sind schon länger weggezogen. Also sind die meisten Freunde, bis auf Mykyta, weg und damit verliert die Straße, in der ich bisher aufgewachsen bin, an Bedeutung. Langsam lerne ich auch, dass es unwichtig wird, was man hat, denn es kann im nächsten Moment einem genommen werden.

Mama und ich stehen nun in der Nacht bei Oma und Opa im Wohnzimmer.

„Und nun?"

„Jetzt bleibt ihr erst einmal hier. Morgen schauen wir weiter. Vielleicht ist es das für diese Nacht und wir bekommen noch etwas Schlaf."

Mama ist gar nicht so sehr traurig um unsere Wohnung. Man kann fast den Eindruck haben, dass sie erleichtert ist. Warum wird mir in der Nacht aber nicht mehr klar. Ich habe auch nicht gefragt.

Oma beginnt das Wohnzimmer umzuräumen, um auf der großen Couch Platz für uns zu schaffen. Opa holt aus dem Nachbarzimmer ein paar Decken und Kissen. So können wir die Nacht erst einmal verbringen. Morgen werden wir weitersehen. Das Wohnzimmer meiner Großeltern fühlt sich mit seinen Kissen, Decken und Teppichen an wie ein wohliges Nest. Es ist schön, hier zu sein. Ich lege mich bald hin und Mama, Opa und Oma gehen in die Küche. Sie haben noch viel zu besprechen. Alle sind noch aufgewühlt, schließlich haben wir nur Glück gehabt. Zwischen Raketeneinschlagstelle und der Matratze im Flur liegen nur wenige Meter. Wenn man sich überlegt, dass auf dem Weg der Rakete über viele hundert Kilometer auch nur ein wenig Wind notwendig gewesen wäre, um die Flugbahn nur ein bisschen zu verschieben, dann wäre sie uns auf den Kopf gefallen. Vielleicht hat der Wind das auch gemacht und sie in die andere Richtung verschoben.

Am nächsten Tag sind wir früh wach. Die Nacht ist anstrengend gewesen und wir sind alle noch müde, aber es treibt uns um und wir wollen zur kaputten Wohnung, sehen, ob noch was zu retten ist. Oma hat ein schnelles Frühstück bereitet, Opa sitzt schon am Tisch und müffelt sein Frühstück, indem er das Brot immer wieder in den Kaffee tunkt. Er ist im Morgengrauen draußen gewesen, um die toten Hühner zu holen. Da sie nur tot umgefallen sind, sind sie noch gut. Oma wird sie rupfen und fertig machen. Mama und ich haben nichts dabei außer den paar Sachen, die wir in der Tasche haben. Alles andere, auch meine Schulsachen, die ich aber nicht brauche, liegen noch in unserer Wohnung.

Wir fahren zur Wohnung und müssen weit vorher parken. Es liegen so viele Trümmer in den Straßen, dass es keine Möglichkeit gibt, mit dem Auto näher heranzukommen. Oma und ich sollen beim Auto warten und Opa und Mama gehen zur Wohnung. Sie holen irgendwelche Dokumente, die ihnen wichtig erscheinen, ein paar Sachen zum Wechseln müssen sie holen und gleichzeitig schauen sich alles genau an. Nach einer halben Stunden sind sie zurück. Leider haben sie auch meine Schultasche dabei.

„Wir trommeln ein paar Leute zusammen und räumen die Möbel, die noch gut sind, in die Garage", sagt Opa.

„Aber nicht jetzt, kommende Tage, wenn die Feuerwehr mit dem Löschen der Autos fertig ist und wir mit dem Auto näher herankommen. Vorher muss die Stadtverwaltung noch die Straße frei räumen. Das Haus muss auch noch frei gegeben werden. Nicht dass es zusammenfällt, wenn wir die Schränke heraustragen."

Jetzt versucht der Mann aus Russland bei uns schon alles kaputt zu machen, aber meine Schulsachen lässt er heile. Verstehen muss man das nicht.

Mykyta liegt im Krankenhaus

Mykyta ist heute nicht in die Schule gekommen. Passiert schon mal. Also war der Platz neben mir den ganzen Morgen frei. Die Lehrerin hat keine Kerze, aber auch keinen Koffer hingestellt. Das ist gar nicht so schlecht, weil ich dann meine Schultasche auf den Stuhl stellen kann und mich nicht bücken muss. Als die Schule zu Ende war, bin ich dann zu Mykyta nach Hause gegangen. Ich wollte ihm seine Hausaufgaben bringen, aber da war keiner.

Also bin ich nach Hause gegangen zu Mama, also eigentlich zu Oma und Opa, wo wir jetzt wohnen. Wenn ich von der Schule komme, ist das Essen meistens fertig. Das macht Mama für mich genauso, wie sie es immer für Papa gemacht hat. Aber auch nicht mehr jeden Tag. Manchmal mache ich mir die Suppe von Oma auch allein warm. Das kann ich schon gut. Jetzt stand Oma in der Küche und hatte gekocht.

„Mykyta war gar nicht in der Schule."

Mama fängt an zu weinen.

Dabei ist das doch gar nicht so schlecht, wenn man mal einen Tag Pause machen kann, denke ich.

„Kann ich auch mal Pause machen? Warum weinst du denn?"

„Mykyta liegt im Krankenhaus."

„Warum?"

„Erinnerst du dich an die Rakete von heute Nacht? Die hat nicht nur unsere Wand kaputt gemacht, sondern auch Mykyta verletzt."

„Was ist denn jetzt mit Mykyta?"

Langsam bekomme ich Angst.

„Die Bombe hat das Bein von Mykyta verletzt."

„Muss er jetzt humpeln und bekommt Krücken?"

„Nein, es ist ganz kaputt."

„Wie kaputt?"

„Die Ärzte haben es abgenommen."

„Wird er wieder gesund?"

„Komm mal her."

Mama hebt mich auf ihren Schoß.

„Ja, er wird wieder gesund, ganz bestimmt. Du kannst ihn nächste Woche besuchen."

„Warum nicht eher?"

„Er muss jetzt viel schlafen."

Mama hält mich einen Augenblick fest und schiebt mich dann langsam von ihrem Schoß runter und deckt den Tisch. Jetzt habe ich aber keinen Hunger mehr. Ich muss immer an meinen Kumpel denken. Das ist doch alles doof.

Halbjunge

Mykyta lebt hier. Sein Glück oder auch nicht, je nach Perspektive. Andere Mykytas in anderen Ländern haben weniger Glück.

Irgendwo in den Bergen, in Landschaften ohne Vegetation, wo nur Erde und Steine das Braun prägen, irgendwo dort gibt es kleine Dörfer. Aus Lehmziegeln erbaute Strohhütten stehen an staubigen Straßen, die von Eselkarren genutzt werden. Die Kinder spielen mit Überresten von Dingen. Wir nennen es Müll.

Irgendwo in den Bergen, wo der Winter länger andauert als der Sommer, in der stillen Einsamkeit, wo Krähen um die Felsen kreisen, lebt ein kleiner Junge, keine zehn Jahre alt. Er ist neugierig, bewegt sich gerne, ist aufmerksam, möchte lernen.

Irgendwo in den Bergen findet dieser kleine Junge eine bunte Dose, die sich zum Fußballspielen eignet. Er hebt sie auf und fliegt.

Irgendwo in den Bergen ein paar Meter weiter schlägt er nach seinem Flug auf. Die Kinderbombe nimmt ein Bein und einen Arm. Dort liegt er, während aus den Wunden sein rotes Leben herausläuft und im trockenen Boden versickert. Der kleine Junge, jetzt nur noch Halbjunge, wird niemals Mann, niemals Freund und Vater, niemals Ehemann, niemals Opa, wird seine Enkel nie sehen. Er und seine Zukunft versickern hier im Staub und die Krähen kreisen diesmal nicht nur um die Felsen, sondern jetzt auch um ihn.

Neusortierung

In unsere Wohnung konnten wir nicht wieder zurück. Die Stadt-verwaltung hatte unser Haus gesperrt und den Bewohnern Not-unterkünfte angeboten. Wir waren bei Oma und Opa untergekommen, also mussten wir nicht in eine dieser Notunterkünfte, die meist irgendwelche Turnhallen sind. Dort schläft man auf Feldbetten, die aufgereiht dort stehen, wo eigentlich geturnt wird.

Opa hatte mit ein paar Männern und Mama heimlich ein paar Tage später die Wohnung räumen können, zumindest was davon noch zu gebrauchen war. Wer weiß, ob wir die Sachen noch mal benötigen. In der offenen Wohnung würden sie aber in den kommenden Wochen kaputtgehen oder geklaut werden.

Da leider meine Schulsachen nicht verloren waren, musste ich am nächsten Tag wieder zu Schule. Oma brachte mich morgens zur Schule, weil ich einen neuen längeren Weg gehen musste und diesen noch nicht kannte.

„In ein paar Tagen kannst du den allein laufen", sagte Oma.

In der Klasse und auf dem Schulhof fragten mich alle Kinder aus und auch die Lehrerin wollte alles ganz genau wissen. Dabei hatte sie eine Träne im Auge. Dann begann der normale Unterricht, als ob nichts gewesen wäre.

Unser Leben ging weiter, zwar mit etwas Glück, aber eigentlich nur um ein paar hundert Meter verschoben in Richtung Oma und Opa, und dem Hahn, der übrig geblieben war, der krähte im Garten nach seinen Damen, die mittlerweile gerupft und nackt in der Küche am Herd lagen. Das letzte Ei hatte ich zum Frühstück bekommen, es war das Abschiedsei des Huhnes.

Das Wohnzimmer wurde das neue zu Hause von Mama und mir. Hier richteten wir uns ein, ich bekam ein Bett, das Opa besorgen konnte und Mama schlief auf der Couch. Der Krieg führte dazu, dass wir näher zusammenrückten. Aus zwei Wohnungen wurde eine. Es wurde enger und somit konnten wir mehr aufeinander achten. Das war gut für Mama, die zu viel allein im Sessel in der alten Wohnung gesessen hatte.

Ich konnte jetzt häufiger schaukeln, was auch nicht übel war.

„Bekommen wir noch neue Hühner?", fragte ich Opa.

„Ja, ich muss mal schauen, ob ich irgendwo welche bekommen kann. Vielleicht können wir was von euren alten Sachen aus der Garage dafür eintauschen."

Dabei schaute er Mama an. Sie nickte wortlos und ein paar Tage später hatten wir ein neues Huhn im Garten laufen. Dafür hatte Opa mein altes Kinderbett eingetauscht, was ich nicht brauchte. Ich bin ja schon groß.

Der Hahn freute sich und machte seit diesem Tag noch mehr Lärm.

Drohnenperspektive

Offene, weite Landschaften. Wenige Bäume, keine Wälder, allenfalls sind kleine Gebüschgruppen eingestreut, dafür Wiesen mit Trichtern. Viele Trichter, teilweise gefüllt mit Regenwasser, noch ohne Frösche, vielleicht im nächsten Jahr. Sie sind noch nicht eingewandert. Andere schon. Sind täglich hier und schaffen neue Trichter. Spuren wie Feldwege durchziehen die Ebene, kreuz und quer, wie ein Spinnennetz. Die Landschaft bretteben, graubraun, nicht bunt. Ich fliege wie ein großes Auge über sie hinweg. Surre leise, schaue mal dorthin, mal dahin, schaue nach unten, bleibe stehen in der Luft, steige auf, steige ab, um mir eine Kleinigkeit unten am Boden genauer ansehen zu können.

Ich bin eine handelsübliche Drohne, unter mir hängt eine Handgranate. Sie schaukelt durch meine Flugbewegungen mal nach rechts, mal nach links, mal nach vorne, mal nach Sie wissen schon.

Ich bin schnell, rase dahin, mich steuert irgendwer von irgendwo. Zum Steuern braucht man keine Beine, nur zwei Arme und einen Kopf mit Augen.

Unter mir ein Gehölzriegel. Ich sinke, schaue mir alles gut an, finde einen russischen Panzer. Steige auf, warte und beobachte. Die Luke öffnet sich, ein grünbehelmter Mensch ohne Gesicht erscheint, sucht die Ebene mit einem Fernglas ab. Verschwindet wieder in seinem Panzer, die Luke bleibt geöffnet. Er muss lüften, Männerschweiß in einer Sardinendose, einer hat gefurzt.

Ich sinke, versuche mich über die geöffnete Luke zu positionieren, meine Kamera fokussiert, richtet aus, filmt, dokumentiert, tonlos. Die Handgranate unter mir schaukelt, beruhigt sich, bleibt in Lage. Ich löse den Verschluss über meine Fernbedienung, die Granate fällt. Freier Fall, ausgerichtet über der Luke. Die Kamera filmt den Absturz der Granate. Kaum größer als eine Apfelsine. Sie wird kleiner und kleiner, verschwindet in der Luke, perfekt gezielt, um dort zu explodieren.

Ich steige auf, ein kurzer Blitz, dann ein wenig Rauch, der die Luke verlässt. Ich steige weiter auf, natürlich tonlos, weiche etwas seitlich aus. Bessere Perspektive für das Gesamtbild. Aus dem Rauch wird Feuer, die Munition innerhalb des Panzers entzündet sich, aus fackelndem Feuer werden Feuerstrahlen, der Panzer explodiert. Nicht sofort, alles dauert ein paar Sekunden, die im Film auch schon mal lang werden können. Die chemische Reaktion läuft. Durchzünden.
Mein Einsatz:
-eine Steuerperson, eine Granate Wert 45 $, eine Drohne Wert 750 $.
Mein Ergebnis:
-ein Panzer T-14 Armata Wert 7 Mio. $ zerstört, drei Personen aus dem Spiel genommen, wie es mal Prinz Harry sagte.
Kosten-Nutzen-Analyse positiv, eigene Verluste null.
Die Kamera schwenkt zur Seite, fliegt zurück über offene Landschaften, bretteben, graubraun, wortlos, tonlos, damit ich nicht höre, wie drei Menschen erst verletzt werden, ihnen Arme und Beine abgerissen werden und dann verbrennen bei lebendigem Leib, weil sie nicht flüchten können. Ihre Schreie vor Schmerzen, bis sie sterben dürfen, wenn der Panzer endlich explodiert und sie in Stücke reißt, höre ich nicht. Sie frei sind, ihre Mütter zu Hause in sich zusammensacken, weil sie ihre Söhne verloren haben, die Frauen ihre Männer, die Kinder ihre Väter. Ein Grab wird es nicht geben, was soll auch beerdigt werden. Das, was übrig bleibt, holen sich zwei Elstern, ein Fuchs und vier Mäuse. Der Rest für die Regenwürmer. Ein Brief wird kommen, vielleicht. Wir danken für ihren Einsatz. Dürre Worte, maschinell erstellt, als letzte Verbindung, Serienbrief, tausendfach ausgedruckt und verschickt.
Wir sind Zuschauer, immer wieder, kostenlos, täglich, trinken dabei Kaffee, beißen in unser Schokocroissant. Warten darauf, ob doch noch einer aus dem brennenden Panzer klettern kann und vor unseren Augen verbrennt. Ja, wieder drei Russen weniger, während zur

gleichen Zeit drei Ukrainer auf eine Landmine fahren, irgendwo, ohne Drohnenaufnahme. Sie werden ein paar Tage später gefunden, weil die Krähen eine kostenlose Futterstelle gefunden haben.

Sinnlosigkeiten ohne Ende. Zum Glück tonlos, sonst wäre es vielleicht doch nicht auszuhalten und mir würde der Kaffee nicht schmecken. Es wäre auch zu Schade um das Schokocroissant, das schmeckt am besten frisch.

Unbekannte Armee

Ich muss mich erst einmal strecken, es war doch ziemlich eng hier unten. Überall Matsch, alles schwimmt und ich mittendrin, wie in einem kleinen Kokon. Neben mir noch andere, alle sehen wir gleich aus, versuchen uns hier durchzuwühlen. Es ist nicht schlimm, andere mögen es abstoßend finden. Ich finde es gut. Es ist heimelig, hat etwas von Geborgenheit, von Heimat. Ich winde mich nach rechts, ich winde mich nach links. Zu essen gibt es hier genug, zum Glück. Ein Schmatzen, ein Fressen, ist hier unüberhörbar, aus allen Ecken, aus allen Winkeln. Alle haben Hunger, gleichzeitig. Wir sind viele. Tausende, Hunderttausende, die sich hier durcharbeiten. Das Tageslicht ist uns egal, die Dunkelheit genauso. Wir sind alle zugleich aktiv, kämpfen uns hier durch. Wir wachsen an unseren Aufgaben, hier und da geht mal jemand verloren, wir vermissen ihn nicht, wir sind einfach zu viele. Wir überschwemmen die Region, nachdem wir hier eingeimpft wurden. Es war nie der Plan, hier auf dieser riesigen Wiese zu sein, aber wir wurden hierhin beordert, ohne der Frage nach unseren Wünschen. Aber über was beschweren wir uns? Wir haben keinen Grund. Wir haben alles, was wir brauchen. Wir haben mehr als das. Wir kämpfen nicht gegeneinander, haben nur den Feind von außen, dem wir ausweichen können, je tiefer wir eindringen. Und wir bleiben auch nur eine Zeit. Tage, vielleicht wenige Wochen. Dann werden wir befördert, können aufsteigen in der Rangfolge, können diesen Ort wieder verlassen. Dann befehligen wir andere, verbringen unsere Truppen in neue Bereiche, damit sie dort Großes leisten können. Sie sollen sich an den Orten, die wir ihnen zuweisen, weiterentwickeln, sollen aufräumen mit dem, was sie dort vorfinden. Sie sollen das vernichten, was wir ihnen zur Aufgabe geben. Die Auswahl ist groß, die Möglichkeiten ein Paradies, so viele Jobs hatten wir nie. Unsere Armee wächst täglich. Niemals in der Geschichte dieses Landes hatten wir so viele Möglichkeiten, um zu wachsen. Jetzt nutzen wir alles, was vor uns liegt, um die größte Armee zu werden, die diese Welt je gesehen hat. Wir sind unersättlich.

Aber zuvor müssen wir ganz unten anfangen. Jeder von uns. Wir essen den Dreck, so ist das nun mal. Jeder fängt ganz unten an. Keiner beschwert sich, denn wir haben große Ziele. Vom Tellerwäscher zum Millionär.

Uns ist es egal, wen wir beseitigen, ob Russe, Ukrainer, Söldner, Zivilist, Tier oder Kleinkind. Sie sind für uns alle gleich. Nur der Anzug, der sie umgibt, zeigt die Zugehörigkeit. Darunter gibt es keine Unterschiede. Darunter sind sie alle gleich, das macht unsere Aufgabe so einfach. Wir müssen uns auf nichts einstellen, was wir nicht schon längst kennen. Wir haben uns lange dahin entwickelt, diese Aufgaben in Perfektion zu lösen, länger als die Menschheitsgeschichte ist, die uns jetzt so viele neue Möglichkeiten liefert. Wir sind euch dankbar. Früher waren es die Großen, die wir beseitigt haben, heute die Toten des Krieges. Wir sind eure neue Abfallentsorgung auf den Wiesen, Straßen und Wäldern des Landes. Ihr müsst uns nicht buchen, wir kommen von allein über den Luftweg, der für uns der schnellste Weg ist. Wir kosten euch höchstens eine Handbewegung. Unser Lohn seid ihr, die ihr hier überall liegt und auf uns wartet. Die Aussage „Made im Speck", von euch geschaffen, passt so gut.

Wir sind die Fliegenmaden, die sich von eurem Fleisch ernähren, wenn die Kugel euer Augenlicht löscht. Wie eure Namen sind, interessiert uns nicht. Warum ihr das tut, was ihr tut, ist uns egal. Uns ist alles egal, solange ihr hier liegt.

Metalldetektor

Mykytas Vater hat einen Metalldetektor mit nach Hause gebracht. Da mein bester Freund noch im Krankenhaus liegt und ich ihn noch nicht besuchen kann, hat mich sein Vater eingeladen, den Metallsucher auszuprobieren.

Er erklärt mir genau, wie das Gerät funktioniert, das schwer in meinen Händen liegt. Ich setze mir die Kopfhörer auf, schalte ein und führe das Gerät über den Fußboden im Wohnzimmer von Mykyta. Sein Vater hat ein paar Münzen unter dem Teppich versteckt und mir gesagt, dass ich diese suchen soll. Also beginne ich meine Arbeit. Nach ein paar Minuten fängt das Gerät laut an zu piepen und ich finde die Münzen. Das ist also nicht schwer.

„Gut gemacht. Jetzt nimm das Teil mit nach unten und probiere es im Park hinter der Schule aus. Pass aber auf, was du findest, und pass auf den Metalldetektor auf, den brauche ich morgen wieder. Such vor allem auf der Rasenfläche, dann kannst du auch sofort sehen, was du gefunden hast. Im Gebüsch ist es zu gefährlich, weil dort die Blätter auf dem Boden Dinge verdecken können. Hier in Fastiw wird zwar nichts sein, aber sei lieber vorsichtig. Nicht dass du dir noch einen rostigen Nagel in den Fuß trittst."

„Ja, mach ich. Danke, ich pass auf!"

Ich bin unheimlich stolz. Jetzt bin ich auch ein Soldat und darf helfen, so wie Papa. Ich laufe also los mit durchgedrücktem Rücken und einem harten, männlichen Gesichtsausdruck. Zumindest versuche ich einen. Nach ein paar Minuten bin ich am Park, schalte das Gerät ein und beginne meine Suche. Immer wieder piepst das Gerät leise. Mykytas Vater hat gesagt, dass leise Töne keine Bedeutung haben. Meistens sind es dann kleine Metallsplitter oder Nägel, manchmal piept das Gerät auch bei Steinen. Ich suche erst den Rasen ab, wie befohlen, kann aber nichts finden. Ich schaue mich um, beobachtet werde ich nicht. Hier ist keiner im Park. Ein bisschen Publikum wäre nicht schlecht. Immerhin bin ich Soldat im Einsatz und verteidige unsere Stadt. Wie schön wäre es, wenn mich jemand nach meinen Aufgaben befragen würde. Da mich aber leider keiner beobachtet, zumindest sehe ich niemanden, wird mir langsam langweilig. Ich bin doch Soldat und habe einen wichtigen Job zu erledigen. Dass Soldat sein auch meistens mit Langeweile und Warten zu tun hat, weiß ich nicht.

Weil ich mir nicht sicher bin, ob ich vielleicht doch heimlich beobachtet werde, tue ich so, als ob ich einen neuen Weg absuche. Bisher habe ich mich kreisförmig über die Wiese bewegt und den Boden abgesucht. Da ich nichts Wichtiges finden kann, brauche ich Ziele. Ziele, die in meinen Augen vielleicht kriegsentscheidend sein können.

„Das Gebüsch am Ende der Wiese kann vielleicht dieses Geheimnis beinhalten", denke ich.

Ich verhalte mich so, als ob ich wie bisher suchen würde, und nähere mich dabei, fast zufällig, dem Gebüsch. Kurz vor dem Strauch halte ich inne, strecke mich, weil ich ja so schwer arbeiten muss, schließlich ist mein Werkzeug ziemlich schwer und schaue mich dabei beiläufig um. Niemand zu sehen. Mit zwei schnellen Schritten bin ich in der Hecke. Als sich die Äste hinter mir wieder schließen, drehe ich mich um und beobachte die Wiese. Hat mich doch jemand beobachtet und würde jetzt auf mich zukommen?

Niemand. Es ist keiner zu sehen. Klasse, jetzt kann ich im Verborgenen suchen. Hier warten die großen wichtigen Entdeckungen auf mich. Ich bin mir sicher. Es wird spannend, schließlich soll ich hier nicht rein. Ich missachte einen Befehl. Was bin ich für ein Rebell. Haha!

Ich richte noch einmal meine Kopfhörer auf den Ohren aus, atme tief durch und halte den Detektor knapp über dem Boden. Dann pirsche ich vorsichtig los und ich beobachte dabei genau den Boden vor mir. Schließlich geht es um Leben und Tod. Mein Leben! Zuerst passiert nichts, wie schon auf der Wiese, dann auf einmal fängt die Maschine in meinen Händen an laut zu kreischen. Mit einem Ruck reiße ich den Detektor hoch vor Schrecken, so als ob er gerade vom Boden einen Schlag bekommen hätte. Einen Augenblick bleibe ich wie angewurzelt stehen, während das Piepen meine Ohren auffrisst. „Oh, oh. Scheiße."

Langsam und übervorsichtig gehe ich einen Schritt zurück. Wie gebannt schaue ich dabei auf den Boden. Sehen kann ich nichts, was das Piepen ausgelöst hat. Überall liegen Äste und vertrocknete Blätter herum und bilden eine tarnende Schicht. Das Piepen in den Kopfhörern verschwindet. Ich versuche den Fleck, wo es am lautesten war, mit den Augen zu fixieren. Wie auf Schienen, ohne die Füße hochzuheben, gehe ich einen Schritt zurück. Dann wieder einen Schritt nach vorne. Ganz behutsam, langsam und wieder schreit die Maschine auf. Panik steigt auf. Da ist doch was. „Scheiße, scheiße, scheiße. Was mach ich denn jetzt? So war das eigentlich nicht geplant. Ja schon, aber jetzt wird es doch sehr real. Das ist mir zu viel."

Ich sehe mich um, als ob ich verfolgt würde. Jetzt wäre es schön, wenn doch jemand da wäre. Das Piepen müssen doch alle gehört haben, so laut, wie das war. Wieder einen Schritt zurück. Die Augen bleiben auf dem Fleck. Ohne die Augen von dort abzuwenden, gehe ich in die Hocke und lege das Gerät vorsichtig und langsam auf dem Boden neben mir ab.

„Mach jetzt bloß keine hektischen Bewegungen und den Boden nicht erschüttern. Mach langsam, du hast Zeit."

Nachdem ich das Gerät auf den Boden gelegt habe, nehme ich die Kopfhörer ab und lege sie zum Gerät, ohne hinzuschauen, aber auch in Zeitlupe und vorsichtig. Schweißperlen laufen mir über das Gesicht. Die Augen sind auf den Punkt vor mir ausgerichtet. Ich versuche nicht einmal zu blinzeln, vor Angst den Fokus zu verlieren. Ich knie mich hin, lege mich dann flach auf den Boden und robbe vorsichtig nach vorne, bis zu dem Fleck, auf dem immer noch meine Augen liegen. In Zeitlupe versuche ich ein Blatt nach dem anderen mit zwei Fingern wegzuheben. Mir läuft der Schweiß mittlerweile in Strömen runter, ich zittere am ganzen Körper. Nach dem dritten Blatt erscheint etwas Buntes. Noch kann ich seine Form nicht erkennen, also versuche ich weitere Blätter zu entfernen. Habe ich ein Blatt angehoben, lege ich es im Schneckentempo zur Seite. Es dauert eine gefühlte Ewigkeit, bis ich einen bunten Flügel freigelegt habe.

„Das ist eine Schmetterlingsbombe. Oh Gott, ich habe eine Bombe gefunden."

Wie erstarrt schaue ich vor mir auf die Bombe und versuche dabei nicht zu atmen. Die Gefahr, in der ich mich befinde, sehe ich, begreife aber nicht alles, dabei liegt sie nur wenige Zentimeter vor meinem Gesicht. Geht sie jetzt hoch, ist mein Gesicht weg.

„Ich muss zu Mykytas Vater. Der kann das. Der ist Bombenmann."

Langsam, ganz langsam schiebe ich mich zurück zum Detektor, ohne ihn anzufassen. Erst dort stehe ich auf, die Augen auf den bunten Flügel ausgerichtet. Rückwärts versuche ich das Gebüsch zu verlassen, um auf die Wiese zu gelangen. Die Äste stechen mir in den Rücken und in den Kopf. Ich spüre es kaum. Und erst dort löst sich die Verspannung und ich renne, wie von der Tarantel gestochen, zum Haus von Mykyta. Zurück lasse ich den Detektor. Daran habe ich nicht mehr gedacht.

„Wo ist denn der Detektor?"

Mykytas Vater fragt mich streng. Und ich … mir fehlen die Worte, will was sagen, aber da kommt nur:

„Da", und ich zeige in die Richtung.

„Jetzt mal langsam, junger Mann. Du bist ja völlig neben der Spur. Erzähl mal, was passiert ist."

Die Verkrampfung löst sich durch seine warmen Worte und ich berichte ihm, was ich gefunden habe. Er geht sofort mit mir zum Fundort im Park und schaut von außen durch das Gebüsch, dort, wo der Detektor noch liegt, zum Glück, und der bunte Schmetterlingsflügel zu sehen ist.

„Alles klar! Gute Arbeit."

Keine Kritik, kein Vorwurf wegen der Befehlsmissachtung. Dafür ist auch gerade keine Zeit. Dann schickt er mich auf die andere Seite der Wiese und befiehlt mir streng, mich nicht von dort wegzubewegen. Er telefoniert und wenige Minuten später fährt ein Auto auf die Wiese und hält mit etwas Abstand vor dem Gebüsch, so dass es zwischen mir und der Bombe zu stehen kommt.

„Ey, ich sehe nichts mehr", denke ich.

Mykytas Vater geht zum Auto und holt seinen schweren Schutzanzug und zieht sich langsam an. Sein Kollege, der das Auto gebracht hat, sperrt mit weiß-rotem Absperrband den Bereich großzügig ab. Auf der anderen Seite des Parks sind weitere Autos zu hören und ihr Blaulicht ist zu sehen.

„Sie sperren den Park von dort auch ab. Krass!"

Jetzt bin ich Teil einer Soldatenmännerwelt, eines realen Einsatzes. Ich, Danylo, zehn Jahr alt, Schüler aus Fastiw, Mitbewohner von Mamas Wohnung, bin in einem Bereich, der für alle anderen gesperrt ist. Ich bin Soldat. Der Sprengmeister verschwindet hinter dem Auto im Gebüsch. Wenig später kommt er aber wieder heraus und hält seinen Detektor in der Hand, den er ins Auto legt. Von dort holt er eine Kiste und eine Rolle Draht und verschwindet erneut im Gebüsch. Ein paar Minuten später ist er schon wieder zurück und kommt diesmal auf mich zu. Hinter ihm rollt er den Draht von einer Rolle ab. Der Fahrer im Auto startet den Motor und fährt über die Wiese auf mich zu. Wieder stellt er sich so, dass er mir die Sicht auf das Gebüsch nimmt. Mykytas Vater kommt um das Auto herum und befiehlt mir mich auf den Boden zu legen und unter dem Auto durchzusehen. Dann schraubt er an der Kiste herum und befestigt dort den langen Draht, den er zuvor abgerollt hat. Mittig auf der kleinen Kiste ist ein roter Knopf. Jetzt kommt auch der Fahrer des Autos zu mir und legt sich neben mich. Er zündet sich grinsend eine Zigarette an. Mykytas Vater betätigt eine Sirene und legt sich auf die andere Seite von mir und stellt mir die Kiste hin.

„Jetzt bist du dran, Soldat. Dreh hier ein paar Mal an der Kurbel, bis diese schwergängig geht. Drück, wenn ich es dir sage, den roten Knopf, und schau dabei unter dem Auto zum Gebüsch. Verstanden? Erst drücken, wenn ich den Befehl gebe! Ist das klar?"

Ich nicke, zittere am ganzen Körper und schaue ihn mit großen Augen an. Der Befehl kommt und ich drücke den Knopf. Das Gebüsch am anderen Ende der Wiese explodiert augenblicklich mit einem lauten Knall. Überall ist Rauch und eine kleine Feuerkugel steigt auf. Sie dreht sich in sich und löst sich ein paar Meter über dem Gebüsch in Rauch auf. Nachdem der Rauch sich verzogen hat und die Sicht frei wird, kann ich das Ergebnis sehen. Das Gebüsch ist weg. Zwei dünne Stöcke ragen aus dem Boden, mehr aber nicht. Langsam rieseln ein paar Blätter herunter. Zwei Tauben im Nachbarbaum sind zusammen mit dem Knall erschrocken davongeflogen und ziehen jetzt eine langgezogene Kurve über der Wiese.

Ehrung als Soldat

Ich bin das Gesprächsthema der Straße. Der kleine Danylo, der eine Bombe erst gefunden und sie dann unschädlich gemacht hat. Ich bin ein Held. Die Kinder staunen mich an und fragen mir Löcher in den Bauch. Die Erwachsenen nicken anerkennend und Mama schimpft, während Oma und Opa mir gratulieren. Ich habe gerade gefühlt die Welt vor ihrer Vernichtung durch das Böse gerettet. Der Krieg wäre schneller gewonnen, wenn ich Teil der Armee wäre. Für einen Zehnjährigen nicht schlecht.

Ein wenig Größenwahn steigt in mir auf. Mama hat Angst. Sie sieht mich nur wenige Zentimeter von der Bombe entfernt auf dem Boden liegen, während diese explodiert und mich tötet. Es hätte auch schiefgehen können.

„Weißt du, dass jährlich auf der Welt 26.000 Kinder durch Sprengfallen verletzt oder getötet werden. Du hättest eines davon sein können."

„War ich aber nicht."

„Werd jetzt nicht frech, mein Sohn!"

„Ja, Mama."

Ein wenig stolz bin ich schon. Ich habe alles richtig gemacht bis auf die Tatsache, dass ich eigentlich nicht hätte in das Gebüsch gehen dürfen. Aber darüber sprechen wir jetzt mal nicht.

Mein Gang ist gerader seitdem, meine Nase halte ich höher. Würde es regnen, würde mir Regen in die Nasenlöcher laufen.

Ich verstehe Mama nicht, aber entschuldige mich trotzdem bei ihr. Tief in mir aber ist Stolz, dieses Abenteuer erfolgreich gemeistert zu haben. Mama schimpft auch mit Mykytas Papa, der sich alles anhört, nickt und sie dann in den Arm nimmt. Dort beginnt sie zu weinen. Erwachsene sind komisch, aber das mit In-den-Arm-Nehmen, probiere ich nächstes Mal auch aus, vielleicht hört Mama dann auf zu schimpfen.

Am nächsten Tag in der Schule muss ich vor die Klasse. Meine Lehrerin hat mich gefragt, ob ich von meinem Erlebnis berichten möchte, was ich gerne tue. Es hat sich wie ein Lauffeuer rumgesprochen. Einem anderen Kind ist es anders ergangen. Der Junge hatte kein Glück. Er wollte den Schmetterling haben und hat dabei seine Arme verloren.

Ich glaube im Nachhinein, dass das Kind hätte besser erzählen sollen als ich. Dann wäre es für andere Kinder eine Warnung gewesen. Vorsichtig war ich nur deshalb, weil es bei meinem Klassenkameraden schiefgegangen war. Ich war gewarnt und hatte damit einen Vorteil. Damit gehörte das Lob nicht mir.

Und auf einmal empfinde ich meine Ehrung als falsch. Seit gestern habe ich mich in meinem Ruhm gesuhlt, finde es toll, dass mir alle auf die Schultern klopfen, mir anerkennend zunicken. Ich fühle mich als Soldat, der in den Krieg gezogen ist und siegreich zurückkehrte. Hier vor meinen Klassenkameraden, von denen einer kein Glück hatte, ist meine Erzählung gefühlsmäßig fehl am Platz. Ich schäme mich und versuche meine Erzählung so kurz wie möglich zu halten. Mein Glück basiert auf dem Unglück eines Mitschülers und auf dem Wissen von Mykytas Vater. Ich blicke zu dem leeren Platz des Kindes, was das Wissen nicht hatte und mir wird flau im Magen.

Zwei Tage später regnet es in Fastiw, aber Regentropfen sind nun nicht mehr in meine Nase gelaufen.

Krankenhausbesuch

Endlich darf ich zu meinem Freund ins Krankenhaus. Ein wenig Bammel habe ich schon, als mir Mama nach der Schule sagt, dass wir gehen können.

Wir packen ein paar Sachen zusammen und suchen ein Geschenk für Mykyta aus. Ich habe von Frau Jeva Schokolade geholt, die ich Mykyta mitbringen will. Was auch sonst. In der Schule hatten unsere Klassenkameraden viele Bilder gemalt und Briefe geschrieben. Die soll ich auch mitnehmen, damit Mykyta sieht, dass wir alle an ihn denken.

Opa fährt Mama und mich nach dem Mittagessen zum Krankenhaus. Ich war hier noch nie. Wir fahren durch viele Straßen, in denen der Krieg Spuren hinterlassen hat. Immer wieder müssen wir Löchern im Boden ausweichen oder an Trümmerteilen vorbeifahren, bis wir ankommen. An manchen Stellen stehen ausgebrannte Autos, an anderen sind die Häuser kaputt. Viele Leute räumen auf.

Vor dem Krankenhaus parken Krankenwagen, auf den Tragen liegen Männer. Viele Verbände sind anstatt weiß rot. Manche stöhnen, manche stehen vor dem Krankenhaus und rauchen. Hier bekomme ich hautnah mit, was in Fastiw wirklich passiert. Wir gehen durch den Eingang wieder an Verletzten vorbei. Ärzte rennen, rufen durcheinander, Krankenschwestern bemühen sich überall und bei aller Hektik verströmt das Krankenhaus Sicherheit. Hier wird denen geholfen, die Hilfe brauchen.

Was ich zum Glück nicht weiß, ist, dass in anderen Landesteilen auch Krankenhäuser Ziele sind. Hätte ich es gewusst, wäre das Sicherheitsgefühl schnell wieder weggewesen.

In der zweiten Etage finden wir Mykyta. Er liegt mit drei anderen auf einem Zimmer. Alle, die auf diesem Zimmer sind, haben irgendwas verloren. Eine Hand, ein Auge oder wie Mykyta ein Bein.

Mein Freund ist blass und aus einem Tropf läuft eine durchsichtige Flüssigkeit in seinen Arm. Vorsichtig nähere ich mich ihm. Mama steht hinter mir und streichelt mir über den Kopf.

„Hallo, Mykyta."

Er lächelt und scheint müde zu sein. Wir schauen uns an.

„Ich habe dir was mitgebracht und die anderen in der Klasse haben dir auch was gemalt und geschrieben."

Mit diesen Worten lege ich die Sachen auf den kleinen Schrank neben seinem Bett. Er lächelt wieder und sagte leise:

„Danke."

Wieder schauen wir uns an und ich weiß nicht, was ich sagen soll. Er offensichtlich auch nicht.

„Kann ich mal sehen?"

Mykyta zieht die Decke zurück. Das eine Bein liegt nackt unter der Decke. Das andere Bein ist nur zur Hälfte da und das Ende ist mit einem Verband umwickelt.

„Tut es weh?"

Mykyta zeigt auf die Infusionsflasche.

„Nein, die geben mir was, damit es nicht so weh tut."

Wieder schauen wir uns an, während Mykyta die Bettdecke über seine Beine zieht. Sekunden vergehen. Mykyta fängt an zu weinen. Eine Träne kullert von seiner Wange auf das Kopfkissen.

„Warum weinst du? Tut es doch weh?"

Er schluchzt und bekommt kaum einen Ton heraus.

„Sind wir noch Freunde?", fragt er und schaut an mir vorbei an die gegenüberliegende Wand. Er hat Angst vor der Antwort und will mir nicht in die Augen schauen. Ich schaue ihn an.

„Hä?"

„Ich kann doch jetzt nicht mehr Fußball spielen."

„Und?", frage ich.

„Jetzt können wir endlich vernünftig angeln und du hampelst dabei nicht so viel rum und vertreibst dabei die Fische. Papa hat seine Angelsachen alle in der Garage liegen, die können wir jetzt bestimmt benutzen."

Dabei schaue ich Mama an, die still nickt. Mykyta lächelt.

Opa feiert

Opa wird 75 Jahre, das wollen wir feiern. Da wir seit ein paar Tagen alle unter einem Dach wohnen, ist der Platz zwar begrenzt, aber dafür haben wir keine Anfahrtswege. Oma und Mama schicken Opa in den Garten, damit er im Haus nicht stört. Wir wollen eine kleine Feier vorbereiten. In der Schule bin ich für den morgigen Tag abgemeldet, weil das heute Abend bestimmt später wird. Die Frauen backen Kuchen, ich bastle Girlanden, damit wir das Wohnzimmer schmücken können. Bei Frau Jeva haben wir vor ein paar Tagen ein paar Bestellungen aufgegeben und sie hat uns zugesichert, dass sie es versuchen will. Tatsächlich hat sie auch die meisten Zutaten organisieren können. Keine Ahnung, wie sie das immer macht.

Wir holen also das Essen, ein paar Süßigkeiten und Opas geliebten Hrinivka, einen Schnaps mit Meerrettich, und drapieren alles auf dem Küchentisch.

Opa möchte wieder reinkommen. Er war lange genug im Garten und ihm fällt nichts mehr ein, was er noch tun kann. Es wird ein lustiges Fest, ein paar Freunde in Opas Alter schauen vorbei und wir lachen bis spät in die Nacht. Sie bringen als Geschenk ein Huhn mit, worüber sich Opa sehr freut. Auch der Hahn freut sich über seine zweite Frau. Als Opa das Huhn in den Garten setzt, rennt der Hahn gleich hinter ihm her.

„Das ist ein gutes Zeichen. Jetzt bekommen wir bald mehr frische Eier", sagt Opa.

Das Schöne ist, dass seine Freunde aus Fastiw alle noch da sind, was in der heutigen Zeit keine Selbstverständlichkeit mehr ist. In meiner Klasse fehlen schon Kinder.

Beenden müssen wir alles, als die Sirenen im Ort heulen. Das gehört mittlerweile fast täglich dazu, leider. Der Mann aus Russland mag es nicht, wenn wir fröhlich sind und feiern. Zum Glück betrifft es diesmal nicht unser Viertel. Diesmal ist das neue Huhn nicht vor lauter Angst umgefallen, sondern vor Schrecken hat es das erste Ei, das Jungfernei, gelegt.

Ein Geschenk für Opa, an dem schönen Tag voller Fast-Frieden und Lachen. Das Jungfernei steht übrigens für Fruchtbarkeit und Neuanfang. Hoffen wir es mal. Ganz glauben, kann ich es aber nicht.

Mykyta ist wieder da

Endlich kommt Mykyta aus dem Krankenhaus. Sein kaputtes Bein ist zwar nicht nachgewachsen, aber verheilt und Schmerzen hat er nicht mehr so viele, so dass er nach Hause kann. Ich freue mich riesig. Im Augenblick muss er sich aber noch ausruhen, deshalb können wir noch nicht nach draußen. Das Krankenhaus hat ihm Krücken und einen Rollstuhl mitgegeben. Beides soll er irgendwann einmal wieder vorbeibringen, dann, wenn er wieder allein laufen kann.

In ein paar Wochen soll die Prothese für sein Bein angepasst werden, damit er wieder selbst laufen kann. Nach der Schule treffe ich ihn. Er hat viel Unterrichtsstoff verpasst, was wir jetzt gemeinsam aufarbeiten müssen, habe ich mir gedacht. Ihm fehlt es und mir fehlte Mykyta. Da ich in der Klasse deshalb nicht gut aufgepasst habe, schadet es mir nicht, wenn ich alles noch mal mit durcharbeite, sonst wird Mykyta, obwohl er lange im Krankenhaus war, noch versetzt und ich bleibe womöglich noch sitzen.

Er ist blass, als ich bei ihm ankomme. Die Wohnung, in der er mit seinen Eltern lebt, konnte repariert werden, so dass sie nicht ausziehen mussten. Im Wohnzimmer hat ihm seine Mutter ein Lager gebaut. Er ist damit schneller erreichbar, besser zu beobachten und liegt nicht den ganzen Tag allein in seinem Zimmer. Es ist wie ein Zimmer im Zimmer, ähnlich meinem Zimmer in Omas Wohnzimmer. Dort können wir die Schulsachen machen. Wirklich kommen wir aber nicht dazu. Mykyta hat viel zu erzählen, was er alles erlebt hat und wozu er im Krankenhaus noch keine Kraft hatte. Jetzt sprudelt alles aus ihm raus. Irgendwann steht seine Mutter im Türrahmen und hört aufmerksam zu. Auch sie weiß noch nicht alles. Mykyta erzählt und erzählt, bis es Abend wird. Wir haben nichts für die Schule geschafft, aber dafür bekommt er gegen Abend zum ersten Mal wieder Farbe, als ob er sich die weiße Farbe von der Seele reden musste. Morgen komme ich wieder und vielleicht fangen wir dann an zu lernen.

Auf dem Weg nach Hause denke ich viel über den Nachmittag mit Mykyta nach. Es ist schön, dass er wieder da ist. Papa ist nicht mehr da und es ist ein Loch. Ein zweites brauche ich nicht, sonst falle ich da noch rein.

Regen

Es regnet, schon seit Tagen. Ich sitze im Wohnzimmer meiner Großeltern und schaue aus dem Fenster. Regentropfen laufen die Scheibe herunter, kleine Tropfen fallen vom Himmel auf Blätter, vereinigen sich und rutschen als große Tropfen von diesen hinunter. Der Hahn, das alte und das neue Huhn sitzen im Hühnerstall und schauen nach draußen. Ihnen ist es auch zu nass. Die ersten Regenwürmer sind ertrunken. Ihre blassen Leichen treiben in den Pfützen. Ob die wohl noch schmecken? Die Hühner wollen sie auf jeden Fall nicht.

Pause, nur wer muss, geht kurz raus, ich war schon in der Schule. Meine Klamotten trocknen gerade in der Küche am Herd, dort, wo es immer etwas wärmer ist. Mykyta geht noch nicht zur Schule. Er müsste auch hüpfen oder rollen. Seine Beinprothese wird gerade gebaut. Nachher gehe ich wieder zu ihm, dann machen wir Hausaufgaben. Vielleicht!

Der Boden hat sich in den vergangenen Tagen mit Wasser vollgesogen, er ist satt, will nicht mehr trinken. Pfützen haben sich gebildet, in die weitere Regentropfen fallen, sie erschaffen kurz Krater und Trichter, wenn sie aufschlagen, die sofort volllaufen und wieder verschwinden. Es scheint, als ob sich die Pfütze selbst heilen würde. Im Fernsehen haben sie die Wiesen um Kiew gezeigt. Dort gibt es auch Einschläge, nicht von Wassertropfen, aber die Trichter bleiben. Überall Löcher im Boden. Wenn die Kühe irgendwann wieder dorthin gehen, müssen sie mächtig aufpassen, dass sie nicht in die Löcher fallen.

Eines dieser Löcher ist jetzt auch auf unserem Fußballplatz. Die Väter meiner Kumpels haben gesagt, dass sie das Loch demnächst wieder zuschütten, damit wir wieder spielen können. Ich glaube, da wird aber gerade ein Teich draus. Fußball geht mit Mykyta noch nicht. Vielleicht wieder in ein paar Wochen.

Auf einem Ast des Baumes, an dem meine Schaukel hängt, sitzt eine Taube. Sie ist dick, vielleicht hat sie sich auch nur aufgeplustert. Ihren Kopf hat sie unter ihr Gefieder gesteckt. Sie wartet, dass der Regen aufhört und sie wieder fliegen kann. Bis dahin perlen die Tropfen auf ihrem Gefieder ab.

Pause, der Regen bremst alles aus. Der Himmel ist dunkelgrau. Wassergrau, nicht Bombenrauchgrau. So trist es auch gerade draußen ist, scheinen alle eine Unterbrechung vertragen zu können. Opa sitzt am Küchentisch und liest Zeitung, die nicht mehr jeden Tag kommt, Oma backt einen Kuchen mit den ersten Eiern des Huhnes und Mama hat sich mit einer Decke eingepackt und sitzt im Sessel im Wohnzimmer. Auch sie scheint eine Pause zu brauchen. Keiner spricht. Alle krösen vor sich hin, atmen durch. Ab und an blicken sie von ihren Tätigkeiten auf, schauen aus dem Fenster hinein in den Regen. Es ist ruhig, nur die Regentropfen klopfen an die Scheibe. Sie sind in einer anderen Welt. Draußen mag keiner sein, nur im Haus ist Frieden.

Vielleicht sollten wir die Hühner auch reinholen, schließlich gehören sie ja zur Familie. Aber dann kacken die auf den Teppich. Keine gute Idee.

Meine Jacke und meine Hose sind trocken. Ich kann wieder los.

Wind

Heute stürmt es aus Osten. Immer in eine Richtung, nur mit kurzen Pausen, als ob der Wind kurz Luft holen müsste. Alles bewegt sich in eine Richtung, selbst der Regen bewegt sich waagerecht. Die Gräser und Bäume haben eine Seitenlage eingenommen. Die Bäche und Bombenkrater sind voll mit Wasser. Ihre Wellen bewegen sich auch in eine Richtung, schieben den Dreck, der auf der Oberfläche liegt, vor sich her, bis er irgendwo aufläuft. Dort bildet sich eine braune Schicht aus Pflanzenresten, dreckigem, nikotingelbem Schaum und leeren Plastikflaschen, die verbeult hin und her schaukeln, als ob sie kleine Schiffe wären.

Möwen sitzen am Ufer und schauen auf den Abfall hinunter. Prüfen das eine oder andere Stück, ziehen den toten, halbvergammelten stinkenden Fisch heraus und streiten sich. Auch hier.

Ein Kaninchen sitzt etwas abseits, schaut kurz auf und knabbert am Gras. Seine Ohren flattern im Wind.

Opas Falten

Als Opa am Regentag so am Küchentisch saß und seine Zeitung las, habe ich ihn heimlich beobachtet. Er hat Falten, viele Falten, also wirklich viele. Nicht, dass ich das nicht schon gewusst hätte, aber heute ist mir das noch mal mehr aufgefallen, als ich im Wohnzimmer lag und nicht rauswollte, weil es so geregnet hat. Überall in seinem Gesicht ziehen sie Furchen, Kanäle, Straßen durch seine Haut. Am besten sieht man sie, wenn Opa im Garten war. Von der körperlichen Arbeit beim Umgraben des kleinen Ackers schwitzt er sehr und reibt sich mit seinen verschmutzten Händen immer wieder durch das Gesicht und in den Falten bleibt dann der Staub hängen. Dann malt er sie quasi noch einmal nach, wie die Frauen sich die Augenlider nachmalen. Sie sind wie eine Landkarte eines Landes, das ich nicht kenne.

Vielleicht ist es die Karte eines unbekannten Landes. Vielleicht sind das die Städte und die Straßen, die sich dort abbilden. Nur wo liegt dieses Land? Liegt es hier in der Nähe der Ukraine, ist es überhaupt auf dieser Welt? Als ich kleiner war, hatte Opa weniger Falten, da war seine Haut noch etwas glatter, je älter er aber wird, umso mehr Linien werden es. Vielleicht arbeitet er an der Karte, die immer feiner, detailgetreuer wird. Vielleicht wächst sie mit den Jahren von innen nach außen.

Auch Frau Jeva hat Falten, die sind aber speckiger. Die Falten von Oma sind auch gut zu sehen. Mama hat erst eine Falte zwischen den Augen. Es scheint, sie hat gerade erst angefangen eine Gesichtskarte zu zeichnen. Ich habe noch keine Falte.

Vielleicht ist es die Karte eines Landes, wo es friedlicher ist. Wo wir nicht mit Raketen beschossen werden. Ein Land, in dem jeder in Frieden leben kann. Vielleicht ist es aber auch die Karte des Lebens, die sich im Gesicht widerspiegelt, die alles das zeigt, was wir erlebt haben. Jeden Weg, den wir gelaufen sind. Die Sackgassen und Umleitungen und die Wege, die uns zu unseren Zielen geführt haben.

Dann wäre die Karte ein Bild dafür, welche Schritte wir in unserem Leben gehen mussten. Und vielleicht sind es die alten Menschen, die sie deutlicher zeigen, weil sie schon so viel erlebt haben und so viel mehr Wege gegangen sind, als dies junge Menschen schon tun konnten. Die Landkarte schreibt jeder neu und immer wieder ist es ein neues Land, das wir begehen. Dann wäre jeder Mensch ein Land. Jeder Mensch ist so reich an Erfahrungen, dass es alle Facetten eines Landes sein kann.

Und es gibt die Menschen, die sich ständig eincremen, damit sie keine Falten bekommen. Vielleicht sind das die Menschen, die es nicht begreifen wollen. Vielleicht sollten wir alle Falten haben, dann wäre Ruhe da draußen und wir Kinder könnten wieder spielen gehen, ohne Angst zu haben, dass uns was auf den Kopf fällt.

Eine spannende Idee, finde ich. Vielleicht spreche ich mit Mykyta mal darüber. Und vielleicht können wir diese Karten sammeln, indem wir die alten Menschen mit ihren Lebenserfahrungen fotografieren. Am Ende haben wir dann eine neue Karte eines Landes vom Frieden.

Parkbank

Schwere Tropfen fallen von den Bäumen. Sie haben abgewartet, sich gesammelt, reihen sich nicht ein in das Fallen der einfachen Tropfen. Erst jetzt ist der richtige Zeitpunkt zu Boden zu fallen, den Regen zu verlängern. Ich will sie ärgern und beobachte einen, wie er sich anschickt zur Erde zu fallen. Meine linke Hand halte ich unter das Blatt. Der Regentropfen scheint zu zögern, dann aber schiebt sein Gewicht ihn über den Rand und er fällt. Fällt auf meine Hand. Ich muss grinsen, denn jetzt wische ich meine nasse Hand an der Hose ab. Er hat es nicht bis zum Boden geschafft, obwohl er so weit gefallen ist. Kurz vor dem Ziel ist er dann doch noch gescheitert. Die Sonne lugt um eine Wolke herum, lässt die nasse Szenerie erstrahlen.

Ich gehe auf einem roten Schotterweg durch grüne Rasenflächen des Parks. Hier und dort ein Blumenbeet mit den immer gleichen Blumen. Sie wurden dieses Jahr nicht neu angelegt. Die Beete sind halb verwildert. Unkraut wächst überall zwischen den angepflanzten Blumen des letzten Jahres. Es hat sich wohl selbst ausgesät. Die Männer von der Stadt hatten keine Zeit, die Beete zu pflegen.

Die Gartenbank aus weißem Kunststoff lädt zum Pausieren ein, obwohl sie noch nass ist. Mit der flachen Hand wische ich die Sitzfläche wasserfrei. Alibihandlung zum Hosenschutz, sonst meinen die anderen Kinder noch, dass ich mir in die Hose gemacht habe. Die Sonne schiebt die Wolke gänzlich zur Seite. Ich lehne mich zurück, schließe die Augen. Die Sonne wärmt meine Haut. Durch den Hosenboden fühle ich Nässe. Mist. Die Rache des abgefangenen Regentropfens? Vielleicht.

Aus meiner Tasche ziehe ich einen Riegel Schokolade, den ich mir von Frau Jeva aufgehoben habe. Ein Stückchen stecke ich mir in den Mund, will es aber nicht zerkauen, sondern lutschen, bis aus dem festen Stück flüssige Schokolade geworden ist. Dann habe ich mehr davon. Ich verteile Schokospucke im Mund, bis sie überall ist und jeder Teil meiner Mundhöhle seine Süße schmecken kann.

Minuten vergehen. Ein anderer Junge in meinem Alter, den ich aber nicht kenne, kommt den Weg entlang und guckt mich zurückhaltend an. Ich nicke erwachsen mit einem Mund voller Schokoladenspucke.

„Jetzt nicht den Mund aufmachen, dann schwabbt alles raus", denke ich.

Der Junge lehnt sich zurück, kopiert meine bereits abgeschlossenen Handlungen, indem er sich auch ein Stückchen Schokolade in den Mund steckt. Ein Gespräch findet nicht statt, weil ihm sonst auch die Schokolade aus dem Mund tropfen würde. Wir verabschieden uns freundschaftlich mit einem Lächeln, wieder echt erwachsen.

Frau Jeva scheint auch anderen Kindern Schokolade zu schenken. Ich geh dann mal weiter zu Mykyta, wir müssen noch Hausaufgaben machen oder uns über meine Fotoidee unterhalten. Mal sehen.

Spuren im Sand

Der Regen weicht den Boden auf. Alles, was auf ihm dann läuft, hinterlässt Spuren. Spuren im Sand, auf dem Feldweg, im Wald, überall dort, wo es keine Asphaltstraßen gibt. Es sind die Spuren von kleinen Menschen mit kleinen Füßen, von großen Menschen mit großen Füßen, von Frauen mit Stöckelschuhen, von Menschen mit einer Gehhilfe, an deren Seite immer ein kleiner Kreis mitläuft. Es sind die Spuren von Hunden, deren Krallen sich in den Boden graben, kleinere Abdrücke sind Katzen, Vögel haben meist drei Zehen, Enten noch die Schwimmhäute zwischen den Zehen. Sie findet man meistens in der Nähe vom Wasser, dort, wo am Ufer viel schlammiger Boden ist.

Dort hinten ist die Spur von sehr kleinen Füßen, wahrscheinlich einer Maus und immer wieder gibt es einen ovalen Abdruck zwischen den Fußabdrücken. Dort hat sie die Nuss kurz abgelegt, um zu verschnaufen und Luft zu holen. Sie muss die Nuss mit dem Mund tragen.

Weiter hinten ist die Erde umgegraben. Eine Amsel hat nach kleinen Insekten gesucht. Eine unterirdische Röhre läuft am Wegesrand entlang. Der Tunnel einer Wühlmaus, deren unterirdische Straße auf der Wiese einen braunen Hügel formt.

Es gibt Spuren, die erst gerade verlaufen, dann sich abrupt verändern und von Autoreifen gekreuzt werden. Dort ist ein Mensch einem Auto ausgewichen. Diese Art Spur findet man aber häufiger mit dünnen Linien, den Spuren von Fahrrädern, denen die Menschen ausweichen.

Spuren hinterlassen aber auch Gegenstände, die auf den Boden gefallen sind. Steine, die geworfen werden und die dann über den Boden rollen. Äste, die abbrechen und vom Baum auf den Boden schlagen und Linien hinterlassen. Bälle, die getreten werden, hinterlassen runde bis ovale Abdrücke im Boden.

Jede Spur erzählt eine Geschichte. Dort, wo diese beginnen und wo sie enden, weil sie nicht mehr zu verfolgen sind, weil aus dem weichen Weg eine Straße geworden ist oder sie in einem Haus enden. Spuren hinterlassen aber auch beschädigte Menschen wie Mykyta oder Soldaten, die zurückgekommen sind. Ihre Spuren sind ein Fuß und zwei kleine Kreise rechts und links des Fußes. Das sind seine Krücken, die er braucht, damit er nicht umfällt. Manchmal fehlt auch sein Fuß und dafür sind da zwei parallele Linien und dazwischen Fußabdrücke, dann schiebe ich ihn im Rollstuhl und die Reifen sind seine Spuren.

Und dann gibt es Geschichten, die wir aus den Spuren lesen können. Da ist die Spur eines großen Menschen, der Stiefel getragen hat. Sie beginnen in unserer Straße, führen zum Fußballplatz und enden vor dem Trichter, der sich seit ein paar Wochen dort befindet. Diese Spur hört einfach auf, so wie der, der die Spuren gemacht hat. Es gehen auch keine Spuren zurück. Sackgasse, Endstation, Ende, tot. Fische und Kröten sind immer noch nicht im Trichter zu finden. Mykyta und ich haben uns das gerade angesehen.

The Forest

Im Park gibt es neben den Laubbäumen, die im Herbst ihre bunten Blätter abwerfen, auch einen Bereich mit alten Tannen. Zwischen den Tannen ist es dunkel. Wir Kinder trauen uns dort nur rein, wenn wir zu zweit sind. Mooskissen auf dem Boden, dazwischen einzelne Kräuter, ansonsten Stille und Dunkelheit, weil die Nadeläste alle Geräusche abfangen. Sie stehen dicht beieinander.

Weil dort die Sonne fast nirgendwo den Boden erreicht, ist es hier meist feuchter und kühler als in anderen Teilen des Parks. Tau liegt auf den Pflanzen, ein Käfer läuft vorbei, aus den oberen Ästen ruft eine Amsel, die Luft riecht ein wenig vermodert, ein Spinnennetz hat Tautropfen auf den Fäden.

Seit heute Morgen ist die kleine Tannenschonung mit einem weißroten Flatterband abgesperrt. Dabei geht da doch keiner freiwillig rein, denke ich auf dem Weg zur Schule.

Von der Straße sehe ich einen einzelnen Frauenschuh und ein Kleid mit Blumen im abgesperrten Bereich liegen. Das Kleid ist zerrissen, blutig, daneben liegt ein großer weißer, gefüllter Sack mit einem Reißverschluss, darum stehen Polizisten und Männer in weißen Anzügen. In dem Sack liegt was, das ich nicht sehen kann.

Die Männer arbeiten still, über mir ruft eine Meise. Sie schaut hinüber zur Tannenschonung, als ob das ihr Revier wäre und sie warten muss, bis es dort wieder ruhiger wird. Vielleicht ist sie auch Zeuge und spricht nur die falsche Sprache. Verstehen kann sie nur eine andere Meise. Zwischen meinen Beinen läuft der Käfer hindurch. Er ist von der Störstelle geflüchtet. Ich fühle, wie mir ein Tautropfen in den Nacken fällt, den die Meise über mir losgetreten hat. Ein Kind ruft von der anderen Straßenseite. Ich muss weiter, sonst komme ich zu spät zur Schule.

Was machen

Opa und Oma wollen Mama helfen, haben sie gesagt, denn Mama sitzt immer noch viel in ihrem Sessel, jetzt in dem von meinen Großeltern. Sie grübelt und friert. Seitdem Papa fort ist, geht es ihr nicht mehr gut. Ihre Eltern versuchen sie in den täglichen Tagesablauf einzubeziehen, indem sie ihr Aufgaben geben. Mal größere, mal kleinere. Mama soll nicht nur rumsitzen. An manchen Tagen klappt das gut, an anderen nicht.

„Hat Mama keine Kraft mehr? Bin ich ihr zu anstrengend?"

„Nein, du hast damit nichts zu tun."

„Kann ich was machen, damit es ihr besser geht?"

„Nein, du hast keine Schuld. Deine Mama muss da selbst wieder rauskommen. Sie ist alt genug. Jetzt geh nach draußen spielen. Sucht euch mal eine Aufgabe, die ihr nach der Schule und den Hausaufgaben machen könnt."

„Mykyta kann aber nicht so viel machen."

„Dann müsst ihr euch mal was überlegen."

„Na gut, ich geh gleich mal zu ihm."

Opa zum Beispiel geht gerne in den Garten zu seinen Hühnern, Oma kocht, Papa ist früher zum Angeln gegangen. Mama hatte eine Sportgruppe mit anderen Frauen. Dahin ist sie aber schon lange nicht mehr gegangen. Erst kam der Krieg, dann war Papa weg, ab diesem Zeitpunkt hatte sie keine Lust mehr. Mittlerweile ist auch die Sporthalle kaputt.

„Was können wir tun, wenn du nicht gut gehen kannst? Wann kommt eigentlich deine Prothese für das Bein?", frage ich Mykyta, nachdem ich in seiner Wohnung meine Jacke ausgezogen habe.

„Nächsten Monat soll sie kommen. Ich war schon ein paar Mal im Krankenhaus. Sie müssen sie immer wieder anpassen. Da komme ich dann in einen Raum mit ganz vielen Prothesen für Arme, für Beine, Hände. Und meine ist auch schon halb fertig. Ich weiß nicht, was wir tun können. Den ganzen Tag nur hier herumsitzen und

Schulaufgaben machen ist langweilig."

„Was wäre mit Malen oder Basteln?", wirft Mykytas Mutter ein.

„Wir haben noch Playmobil und Lego."

„Mama, wir sind keine Kinder mehr!"

„Oh, Entschuldigung", sie dreht sich grinsend weg.

„Wir brauchen etwas, was wir beide tun können und wofür du nicht so viel laufen musst. Was du vielleicht auch im Sitzen machen kannst."

„Rauchen!"

„Mykyta! Das habe ich jetzt nicht gehört", ruft seine Mutter von nebenan.

„Hast du mal das Gesicht von meinem Opa gesehen?"

„Was ist damit?"

„Da sind ganz viele Falten drauf."

„Und? Die hat Mama auch."

„Mykyta!"

„Vielleicht sind das Landkarten?"

„Hä, von was?"

„Keine Ahnung."

„Du spinnst doch."

„Was wäre, wenn wir Menschen fotografieren würden?"

„Warum?"

„Wir brauchen doch was, was wir beide machen können. Euer Computer läuft doch noch, oder?"

„Ja, schon, aber was hat das damit zu tun? Jetzt mal verständlich. Ich verstehe gar nichts mehr."

„Wir fotografieren Leute und machen daraus in der Schule eine Ausstellung."

„So, ein Quatsch, das ist doch voll langweilig."

„Glaub ich nicht. Wir haben doch im kommenden Monat den Schulwettbewerb."

„Was für einen Wettbewerb?"

„Du bekommst aber auch gar nichts mit!"

„Ja, sorry, ich gehe momentan nicht zur Schule, schon vergessen? Mir fehlt ein halbes Bein! Warum sitzen wir denn jeden Mittag hier und machen Hausaufgaben?"

„'tschuldigung. Also, unsere Klassenlehrerin hat gesagt, dass die Schule einen Wettbewerb machen will, der soll heißen: Zeigt uns Fastiw heute."

„Und was sollen wir da tun?"

„Das lassen sie offen, wir können malen, basteln, was mit Ton machen, Musik, tanzen, Theaterstück, egal. Alle Schüler dürfen sich daran beteiligen."

„Und wir sollen jetzt fotografieren, meinst du?"

„Na ja, du bist doch gut am Computer und wir können die Bilder bei dir ausdrucken. Wir haben beide Handys und können damit fotografieren. Dann können wir doch was daraus machen."

„Und was bekommen wir dafür?"

„Die Lehrerin sagte, dass der Gewinner einen neuen Laptop bekommt."

„Wir gewinnen nie. Da sind doch die Großen, die können doch solche Dinge viel besser. Da haben wir keine Chance."

„Wir können es aber versuchen, oder nicht?"

„Und wie stellst du dir das vor?"

„Ich weiß es noch nicht, aber ich habe mal über die Falten von Opa nachgedacht und ob das vielleicht Landkarten sind."

„Du spinnst schon ein bisschen, oder?"

Mykytas Mutter steht wieder lächelnd in der Tür und beobachtet uns.

„Und was machen wir mit diesen Landkartenfaltengesichtern von deinem Opa?"

„Wir könnten andere Menschen mit Falten fotografieren, das sieht bestimmt witzig aus. Und dann machen wir eine Fotoausstellung daraus."

„Aha, und wo willst du das machen?"

„Ich dachte, wir machen das bei Frau Jeva am Laden. Da kommen doch immer die Alten aus der Siedlung hin und vielleicht bekommen wir dann auch ab und an einen Riegel Schokolade. Dann essen wir den Riegel und fotografieren die."

„Die Idee mit der Schokolade gefällt mir."

„Dann müsst ihr aber Frau Jeva erst fragen, ob das in Ordnung ist", mischt sich Mykytas Mutter ein.

„Das kann ich morgen machen. Oma sagte, dass wir noch einkaufen müssen. So, jetzt muss ich los, wir essen gleich zu Abend und Mathe haben wir auch fertig."

„Alles klar, bis morgen."

„Ich bring dich noch zur Tür."

Frau Jeva und das Fotoprojekt

Bevor ich am nächsten Tag zu Mykyta gehe, habe ich einen Abstecher zu Frau Jeva unternommen. Das Fotoprojekt in der Schule liegt mir noch auf der Seele und ich will nicht mit leeren Händen zu Mykyta.

„Guten Tag, Frau Jeva."

„Danylo, schön, dass du da bist. Was kann ich dir einpacken?"

„Heute nichts, Oma kommt nachher noch vorbei. Ich will sie nur etwas fragen."

„Und was?"

„Wir machen in der Schule ein Kunstprojekt und wir suchen dafür einen Ort, wo wir das umsetzen können."

Und dann erzähle ich Frau Jeva von unserer Idee, von Mykyta und mir und wie es ihm geht und dass ich etwas mit ihm machen möchte, weil er doch gerade eingeschränkt ist und fast nur zu Hause sein kann. Und Frau Jeva hört zu, nickt ab und an, sagt manchmal „aha" und hört weiter zu.

Als ich fertig bin, schweigt sie einen Augenblick. Dann nickt sie wieder, dreht sich zu ihrem Regal hinter der Kasse um, nimmt einen Schokoriegel heraus und gibt ihn mir.

„Könnt ihr so machen. Aber ihr müsst die Leute informieren. Vielleicht schreibt ihr einen Zettel, den wir ins Schaufenster hängen?"

Dann wendet sich die korpulente, nette Frau um, schiebt dabei einen Bleistift vom Tisch, flucht leise und kümmert sich um ihren nächsten Kunden.

„Super, danke, Frau Jeva", rufe ich ihr hinterher, hebe den Bleistift auf, weil der sonst ein paar Jahre auf dem Boden liegen bleibt und beeile mich zu Mykyta zu kommen, um ihm alles zu erzählen.

Glasscherben

Der Mann aus Russland hat viel kaputt gemacht. Überall wirft er Bomben und Raketen hin und zerstört das, was wir in Fastiw gebaut haben. Vielmehr meine Eltern und Großeltern als ich, aber ich zähle mich mal dazu. Überall liegen Trümmer herum. Steine, Teile von Dächern, Holz, was die Menschen heraussortieren und dann als Brennholz nutzen und natürlich Glas. Viel Glas. Explodiert irgendwo ein Sprengsatz, ist Glas das Erste, was kaputtgeht. In unserer Wohnung hatte der Mann unsere Küchenwand herausgesprengt. Ähnlich ergeht es anderen Häusern, wo Wände fehlen und damit auch die dortigen Glasscheiben. Es gibt kaum Hauswände, die nicht auch Fenster haben.

Heute bin ich allein unterwegs, ohne Mykyta, da er im Krankenhaus zum Prothesenanprobieren ist. Sie wollen seine Prothese weiter seinem Bein anpassen und mit ihm das Laufen und das Anziehen des Beinersatzes üben.

Meine Hausaufgaben habe ich erledigt und eigentlich ist nichts zu tun, also schlendere ich durch die Straßen auf der Suche nach … keine Ahnung. Im Park spielt ganz oft ein Mann mit einem Akkordeon, dem man zuhören kann. Und es gibt diese Tage, wo auch das alles nicht stattfindet.

So ein Tag ist heute und ich überlege, was ich tun kann, als ich zufällig auf eine Glasscherbe trete. Unter meinem Fuß knirscht und knackt es und mir kommt eine Idee.

Auch hier ist etwas von einem Haus abgesprengt worden und überall liegen große und kleine Splitter herum.

Etwas weiter liegen grüne Reste einer Weinflasche, dann braune einer Bierflasche herum. Ich fange an zu sammeln, nehme immer etwa handtellergroße Stücke auf und lege sie übereinander in meine Hand. Keine wirkliche Ahnung warum. Irgendwann sind es zu viele und ich suche nach etwas, in das ich sie legen kann. An einer Ecke liegen alte Kartons hinter einem Haus. Davon nehme ich mir einen, stapele die Glasscherben vorsichtig hinein und suche weiter. Kontinuierlich füllt sich der Karton, bis ich nach etwa einer Stunde genügend Scherben gesammelt habe. Ich habe keine Lust mehr zu laufen und lege eine Verschnaufpause ein. Vorsichtig nehme ich den ersten größeren Splitter heraus. Zweimal geschnitten habe ich mich schon. Ich schaue durch den Splitter, halte ihn gegen die Sonne und spiele mit dem einfallenden Licht, das sich in ihm bricht. Wenn ich das Glas ein wenig drehe im Licht, kann ich auch einen Regenbogen auf dem Boden zeichnen. Es bricht sich das Licht in dem Splitter und wird in seine Farben zerlegt. Das hatten wir vergangene Woche in der Schule durchgenommen. Die Splitter lege ich vor mir nebeneinander auf die Straße.

Ordne, sortiere, arrangiere um und neu und lege sie zu einem bunten abstrakten Bild zusammen. Irgendwann ist es dann so weit. Alle Splitter haben ihren Platz gefunden und das Bild ist fertig. Es sind keine Figuren oder Gegenstände zu erkennen, aber ein buntes Bild aus unterschiedlich farbigen Splittern. Mir gefällt es. Mit dem Handy mache ich ein Foto und gehe nach Hause. Für mich bin ich hier fertig. Mama soll sich das Bild ansehen, die Splitter lass ich liegen. Dort, wo sie liegen, stören sie keinen und außerdem liegen sowieso überall Trümmerteile herum, so dass ich keine Veranlassung sehe, mein Bild wegzuräumen. Ganz im Gegenteil, denn ist überall Chaos vorhanden, ist in meinem Bild Ordnung.

Ich bin längst weg, als eine alte Frau auf dem Weg zur Kirche an meinem Bild vorbeikommt, stehen bleibt und sich alles anschaut.

„Mit ein bisschen Fantasie sieht dieses Bild aus wie ein Kirchenfenster", murmelte sie und geht weiter.

„Nur dass das vermeintliche Fenster auf dem Boden liegt. Hoffentlich ist dahinter nicht der Eingang zur Hölle, die haben wir schon hier auf Erden."

Mykyta hat einen Plan

Alte, faltige Menschen kann man fotografieren, indem man sie vor die Wand stellt. Ist aber doof und hat einen Beigeschmack. Deshalb überlegen wir, was wir tun können. Mykyta fährt mit seinem Rollstuhl durch das Wohnzimmer, etwas zu schnell und bleibt an der Tischkante hängen. Der Stuhl gerät aus dem Gleichgewicht und schlägt um. Mykyta schreit, seine Mutter schreit und ich lache. Wir beide stürzen zum Unfallopfer und schauen auf ihn hinab, wie er da etwas unbequem und stöhnend auf dem Teppich liegt.

Aus dem Stöhnen wird ein Grinsen.

„Das ist es!"

„Was ist was?"

„Wir fotografieren die Leute von unten."

„Verstehe ich nicht."

„Wir tun so, als ob ich einen Unfall hatte und wenn die alten Leute sich über mich beugen, fotografiere ich sie."

„Das ist mies."

„Mykyta, bitte, das kannst du nicht machen."

„Doch, das ist gut. So bekommen wir beides: alte Gesichter mit den Landkartenfalten und erschrockene Blicke, als ob was passiert ist."

„Morgen fangen wir an. Wir müssen nur Frau Jeva informieren, damit sie nicht schimpft."

„Willst du dich denn jedes Mal hinschmeißen?"

„Nee, ich dachte, ich leg mich irgendwo unter den Rollstuhl, an einer Stelle, wo nicht jeder gucken kann und du rufst dann jeweils die Leute herbei."

„Echt jetzt, oha, na gut."

Mykytas Mutter verdreht die Augen und verlässt mit einem Lächeln das Wohnzimmer. Am nächsten Tag hole ich Mykyta nach der Schule ab. Wir wollen unser Unfall-Erschrecken-Landkartengesichterprojekt starten.

Bilder von unten

Hinter dem Laden von Frau Jeva lagern viele Kartons. Eine prima Stelle für inszenierte Unfälle. Es soll so aussehen, als ob mein Rollstuhlfreund an einer Kiste hängen geblieben und umgestürzt ist. Ein bisschen unbequem soll es schon sein, aber wer keine guten Bilder haben will, lässt sich eben auch nichts einfallen.

Frau Jeva haben wir informiert. Sie musste über unsere Idee lachen. Nun geht es los.

Mykyta fährt mit seinem Rollstuhl hinter den Laden und ich drapiere ihn so, dass er zwar nicht völlig unbequem liegt, aber es trotzdem irgendwie nach Unfall aussieht. In einen Karton neben ihm legen wir das Handy, so dass es nicht sichtbar ist und unser Vorhaben auch nicht zu schnell erkannt wird.

Ich stelle mich vor den Laden und suche alte Menschen aus, die faltige Gesichter haben. Ein wenig tun sie mir ja leid, wenn ich sie um den Laden jagen muss. Schließlich sind sie nicht mehr die Fittesten, nicht dass noch jemand einen Herzinfarkt bekommt.

Als Erstes kommt ein alter Mann vor den Laden. Ich schieße um die Ecke, fuchtle wild mit meinen Armen und rufe um Hilfe. Der Mann wird auf mich aufmerksam und bietet seine Hilfe an. Ich führe ihn hektisch um den Laden zum Unfallopfer und dann geht alles ganz schnell. Er läuft zu Mykyta und beugt sich über ihn, Mykyta holt das Handy aus dem Karton und macht ein Bild von dem Gesicht, das sich über ihn beugt.

Der Mann stockt, hält kurz inne und fängt an zu lachen.

„Was wird das? Wollt ihr mich verarschen?"

„Wir machen ein Schulprojekt und suchen erschrockene Gesichter alter Menschen mit Falten."

Schallendes Gelächter.

„Na das ist ja mal eine schräge Idee."

„Sind Sie uns jetzt böse?"

„Nein, nein, aber ich denke, ihr müsst das anders machen. Der Weg um den Laden herum ist zu lang. Wartet mal."

Damit geht er zu Frau Jeva in den Laden. Kurze Zeit später öffnet sich die Hintertüre des Ladens und der alte Mann steht dort mit der breiten Frau. Sie füllt die Türe aus und er muss ihr über die Schulter schauen.

„Wir leiten die Leute durch den Laden. Das müsste besser gehen und wenn ihr mögt, helfe ich euch dabei. Ich habe gerade nichts zu tun und ein bisschen Abwechslung schadet mir auch nicht."

Wir sind begeistert. Ein wenig haben wir ein schlechtes Gewissen, aber jetzt ist ein Erwachsener dabei und wir können die Last der Schuld abgeben. Das schlechte Gewissen relativiert sich damit. So machen wir es und der alte Mann ist ein echter Mehrwert. Nach drei Stunden haben wir viele Bilder gemacht und sind zufrieden. Er verabschiedet sich, packt seinen Einkauf zusammen und geht.

Mykyta kann langsam auch nicht mehr liegen und ist froh, dass ich ihm wieder in seinen Rollstuhl helfe. Er muss erst einmal verschnaufen. Frau Jeva gibt uns beiden Schokolade, die wir genüsslich essen.

„Geschafft. Wer war eigentlich der alte Mann, der uns geholfen hat?", frage ich schmatzend Frau Jeva.

„Wir haben uns gar nicht vorgestellt."

„Das war Andriy. Er lebt am Ende der Straße in einer kleinen Laube. Früher hat er mal gemalt. Ich meine, er wäre Kunstlehrer gewesen. Aber mittlerweile machen seine Finger das nicht mehr mit und Geld hat er auch nicht. Ich glaube, er würde sich freuen, wenn ihr ihn zu eurer Ausstellung einladen könntet. Dann kommt er auch mal aus seiner Laube raus."

Ausstellungsvorbereitung

Da Mykyta noch immer nicht in die Schule gehen kann, hat er Zeit, sich die Bilder vom Vortag anzusehen. Eine ganze Reihe sortiert er aus, bis auf zehn, von denen er der Meinung ist, dass diese die Richtigen sind. Sie zeigen faltige, überrascht schauende Menschen, die auf ihn hinabblicken. Der Hintergrund ist der blaue Himmel über Fastiw, manchmal mit einzelnen kleinen Wölkchen. Nach der Schule treffen wir uns wieder. Mama und Oma habe ich gesagt, dass ich nicht nach Hause komme, weil wir noch eine Ausstellung vorbereiten wollen. In der jetzigen Zeit meldet man sich lieber einmal mehr ab. Alle Nerven liegen blank und schnell ist Angst im Haus, wenn jemand nicht pünktlich zu Hause ist. Das habe ich mittlerweile auch verstanden. Besonders Mama ist da anfällig nach dem Tod von Papa. Ihr Leben besteht nur noch aus Angst.

Mykyta sitzt vor seinem Computer und hat die Bilder geöffnet. Still sitzen wir vor dem Bildschirm und schauen uns die faltigen Gesichter an. Es ist eine Mischung aus Stolz, weil wir es umgesetzt haben, und Neugierde, was wir daraus machen können. Eine wirkliche Idee haben wir aber noch nicht.

„Die sind schon ziemlich unterschiedlich in ihren Farben. Was meinst du?"

„Stimmt und so kommen die Falten auch noch nicht wirklich gut raus. Wie können wir das denn besser machen?"

„Hm, keine Ahnung. Wollen wir mal Mama fragen?"

Mykytas Mutter kommt herbei und betrachtet die Bilder.

„Ihr habt die alten Leute aber schon ziemlich verschreckt. Habt ihr euch wenigstens entschuldigt?"

„Ja, Mama, haben wir. Uns hat Andriy geholfen."

„Wer ist Andriy?"

„So ein alter Mann, den wir als Erstes fotografiert haben. Frau Jeva sagte, dass der mal ein Kunstlehrer war."

„Der Andriy, der am Ende der Straße in einer Laube lebt?"

„Ja, genau der. Kennst du den?"

„Aber sicher, das ist mein alter Kunstlehrer. Ich wusste gar nicht, dass der noch lebt. Das war mal ein toller Künstler mit ganz vielen Ausstellungen hier in Fastiw. Irgendwann ist er krank geworden und dann hat er sich zurückgezogen. Dann starb noch seine Frau und er wollte keinen Kontakt mehr. Ich glaube, er ist ein trauriger alter Mann geworden."

„Der war aber eigentlich ganz nett, der hat uns gleich geholfen, sonst hätten wir die Bilder nicht bekommen."

„Ja, dann geht doch mal zu ihm und fragt ihn, was man mit den Bildern machen kann."

„Jetzt?"

„Warum nicht? Es ist noch früher Nachmittag und das Wetter ist auch gut. Packt den Laptop ein und du, Danylo, kannst Mykyta schieben."

So machen wir es. Wir müssen nur die Straße hinauf, dort, wo eine kleine Gruppe von Holzhäusern in einer Schrebergartensiedlung steht. Nach zweimal Fragen haben wir das Haus von Andriy gefunden. Der kleine Kamin auf seinem Häuschen qualmt. Im Vorgarten ist ein Gemüsebeet angelegt, durch das der gestampfte, unbefestigte Weg zum Haus führt. Innerhalb der Gemüsebeete stehen zwei Apfelbäume. Am Haus ist viel Brennholz gestapelt. Andriy scheint Selbstversorger zu sein. Das Einzige, was darauf hinweist, dass hier ein künstlerisch talentierter Mensch lebt, ist die buntbemalte Eingangstür. Wir klopfen an und Andriy öffnet, während sein rotbrauner Hund laut kläffend herausrennt.

„Ach, die beiden Künstler vom Supermarkt. Wie schön, was treibt euch zu mir? Habt ihr Angst vor Hunden?"

Dabei deutet er auf die Promenadenmischung zu seinen Füßen, die aufgeregt bellt.

„Maika, still!"

„Hallo, Andriy, nein, haben wir nicht. Wir haben eine Frage und Mama hat gesagt, dass Sie mal Kunstlehrer waren und Sie uns vielleicht helfen können."

„Ja, das war ich mal. Lang ist es her. Vielleicht habe ich deine Mutter im Unterricht gehabt."

„Das hat Mama auch gesagt."

Dabei schaut er nachdenklich.

„Das ist wie aus einer anderen Zeit. Heute taugen meine Hände nicht mehr zum Malen, sondern nur noch für den Garten und zum Holzhacken. Leider. Aber was wollt ihr denn von mir?"

„Wir haben doch gestern die Bilder gemacht mit Ihrer Hilfe. Wir haben erzählt, was wir vorhaben. Jetzt kommen die Falten bei den Menschen aber nicht so gut raus, wie wir das gedacht haben und wir wissen nicht, wie man das machen kann. Die Bilder sind alle in Farbe und die Menschen sind alle sehr unterschiedlich."

Mykyta schaltet den Laptop ein und wir drei schauen auf den erwachenden Bildschirm.

„Ups, ob ihr da an der richtigen Adresse seid, weiß ich nicht. Ich habe selbst keinen Computer. Ich kann euch also nicht sagen, wie man das technisch umsetzt. Aber lasst mich mal überlegen."

Damit dreht er sich um, zündet sich eine Pfeife an und schaut in seinen Garten. Wir stehen bzw. sitzen daneben und warten. Nach einer für uns gefühlten Ewigkeit nimmt er die Pfeife aus dem Mund.

„Wir haben in der Fotografie die Bilder, wenn wir Konturen verdeutlichen wollten, ins Schwarzweiße umgesetzt. Vielleicht versucht ihr das mal? Kann man das an deinem Gerät?"

Hier kennt sich Mykyta aus. Er legt schnell einen Filter über das Bild. Der vormals blaue Himmel wird grau, die Menschen verlieren ihre Farbe und deutlich beginnen sich die tiefen schwarzen Falten hervorzuheben. Wir beschneiden die Bilder noch etwas, so dass die Bilder alle die gleiche Form bekommen und das Gesicht das Bild ausfüllt. Zwei Stunden später ist alles fertig. Vor uns am Bildschirm des Laptops stehen nun zehn Bilder für unsere Ausstellung.

„Das habt ihr gut gemacht. Jetzt bin ich auf eure Ausstellung gespannt. Darf ich auch kommen?"

„Wir würden uns freuen, wenn Sie am kommenden Wochenende dabei wären."

Damit verabschieden wir uns, überglücklich, dass wir unsere Idee umsetzen konnten.

Falten

Spuren im Gesicht. Wege des Alters. Erosionsrinnen. Je mehr Jahre, umso tiefer die Spuren. Wir Menschen wehren uns, schmieren uns Chemikalien ins Gesicht und spritzen sie auch unter die Haut, versuchen die Spuren zu überdecken. Das Alter ist vermeintlich schwach, die Jugend ist die Kraft und das Leben. Dabei haben sie noch nicht gelebt. Die Spur im Gesicht ist Ausdruck des Weges, den wir schon gegangen sind. Falten haben nichts mit Schönheit zu tun, sondern mit gelebten Jahresringen. Jahresringe sind Erfahrungen, Wissen, Erkenntnisse über und von der Zeit. Wir sind in einer Ehe mit dem Leben und tragen den Ring. Phasen, die wir durch- und auch überlebt haben, manchmal mit Glück, manchmal nur durch die Hilfe anderer. Manche Phasen konnten wir gestalten, andere haben uns geformt. Alles das hinterlässt seine Spuren.

Die Welt ist ein lebender Organismus, sie ist nichts anderes als ein Lebewesen. Auch sie altert, Erosionen tragen Berge ab, graben Täler in den Boden, langsamer, erdgeschichtlicher. Wir altern im Zeitraffer, die Erde in Zeitlupe. Die Spuren sind ähnlich. Der Alterungsprozess gleicht sich. Alles wiederholt sich auf seine Art und Weise. Das, was zunimmt, sind nicht nur die Falten, sondern auch die Erfahrungen. Es liegt an uns, diese auch zu nutzen. Ist die Erosion irgendwann abgeschlossen, ist wieder alles eben, als ob nichts gewesen wäre.

Ausstellung

Samstag ist es endlich so weit. Wir sollen um 9 Uhr in der Schule sein, um unsere Ausstellung aufzubauen. Die Eröffnung wird um 14 Uhr sein. Genügend Zeit, um alle Bilder aufzuhängen. Mykyta hat gestern alles ausgedruckt. Seine Mutter hatte extra schweres Papier organisiert, damit die Bilder besser aussehen. Jetzt sind wir endlich fertig, auch mit unseren Nerven. Unsere erste eigene Ausstellung, wir sind schrecklich nervös.

Unsere Bilder hängen gerade an der Wand, als Andriy den Ausstellungsraum betritt.

„Ich musste über eure Idee noch einmal nachdenken."

Uns wird etwas mulmig. Wenn ein Lehrer, auch wenn er längst in Rente ist, vor einem steht und so anfängt, hat das meist nichts Gutes zu bedeuten. Unter dem Arm trägt er eine Mappe.

„Mir sind eure Bilder nicht aus dem Kopf gegangen. Also habe ich in meinen alten Zeitungen gekramt, die noch nicht im Ofen gelandet sind, denn ich hatte ähnliche Bilder schon einmal gesehen."

„Unsere Idee gab es schon?"

„Nein, nein, das nicht. Aber etwas Ähnliches."

Wir wissen nicht, was er meint. Aus seiner Mappe holt er Zeitungsausschnitte heraus und legt sie auf einen Tisch an der Wand. Es sind die offenen Flächen außerhalb von Fastiw von einer Drohne fotografiert. Die Wiesen und Felder, auf denen die Bombenkrater und die Spuren der Panzer zu sehen sind. Sie sehen wie Falten aus. Die Striche ähneln den Falten der alten Menschen. Spuren, die sich eingegraben haben, sowohl in die Haut als auch in die Wiesen.

„Fällt euch was auf?"

„Sie sehen wie unsere Bilder aus."

„Richtig. Ihr habt von unten nach oben die Falten der alten Leute fotografiert. Die Zeitungsausschnitte zeigen Bilder, die von oben nach unten fotografiert sind, also genau andersherum, und die Falten und Spuren auf den Wiesen zeigen. Die sind sich schon sehr ähnlich,

oder? Was meint ihr, wollen wir die Bilder noch dazuhängen?"
Zwei Stunden später wird die Ausstellung eröffnet. Die Direktorin unserer Schule hält eine Rede und danach wird zu einem Rundgang eingeladen. Wir Schüler laufen alle durcheinander und sind furchtbar aufgeregt. Viele Menschen kommen, meistens die Angehörigen der Schüler, aber auch die Presse von Fastiw. Ein Ereignis in Fastiw, das nicht den Krieg im Mittelpunkt hat. Keine Zerstörungen, keine Toten, sondern kreative Kinder. Junge Ideen.
Unser Ausstellungsbeitrag erscheint am nächsten Tag in der Zeitung und wir bekommen einen Preis für unsere Arbeit. Zwar nicht den Laptop, aber immerhin. Mykyta, Andriy mal wieder und ich sind jetzt berühmt.

Maika

Seitdem der Krieg ausgebrochen ist, ist eine Gruppe von Lebewesen komplett durch das Aufmerksamkeitsraster gerutscht. Die Haustiere der Ukrainer. Es geht um Leben und Tod, und zwar dem eigenen. Da ist kein Raum für die haarigen Mitbewohner, auch wenn sie vielfach als Familienmitglieder angesehen werden. Die Russen schlachten jedes Nutztier, damit sie etwas zu essen haben oder auch einfach nur so, um es den Ukrainern wegzunehmen. Es geht immer darum, das Land mit seinen Einwohnern zu schädigen. Wie, ist dabei unerheblich. Die Hunde und Katzen verlieren ihre Heimat. Gerade in Butscha, nach dem Massaker, liefen viele Tiere ziel- und orientierungslos durch die Straßen und suchten ihre Besitzer, die getötet in ihren Vorgärten und Wohnungen lagen. Nun ging es um ihr tierisches Überleben und sie ernährten sich von dem, was sie finden konnten. Dazu gehörten auch menschliche Überreste, die tagelang auf den Straßen lagen. Wer hätte sie auch wegräumen sollen? Entweder waren die Menschen tot oder so traumatisiert, dass sie nicht ihre Häuser verließen vor Angst auch Ziel einer Kugel oder von Gewalt zu werden.

Maika gehörte auch zu diesen Hunden. Die Besitzer waren beide verstorben und der kleine Hund völlig allein. Die Russen hatten sie gefunden, gequält und ihr dabei die Beine gebrochen und dann in einen Vorgarten achtlos weggeworfen.

Andryi, der Kunstlehrer, hatte, nachdem die Russen Butscha verlassen hatten, seine Verwandten sehen wollen. Seit Tagen hatte er nichts von ihnen gehört. Also machte er sich auf den Weg und fuhr nach Butscha. Beim Gang durch die völlig zerstörte Stadt war ihm das Jaulen des kleinen Hundes aufgefallen. Er ging dem Klagen nach und fand einen abgemagerten Hund mit unnatürlich abgewinkelten Beinen. Da seine Verwandten auch unter den Opfern waren und es für sie keine Rettung mehr gab, investierte er ab diesem Augenblick seine ganze Kraft in den Hund. Er nahm ihn mit nach Hause in seine kleine Hütte und pflegte ihn gesund. Ihre Verletzungen waren bald verheilt und Maika feierte ihr neues Leben damit, dass sie ihren aufgetragenen Aufgaben ernsthaft nachging. Ihre Jobs bei Andryi waren es, die Mäuse und Ratten aus dem Haus fernzuhalten, aber auch Andryi vor Fremden zu warnen, die unangemeldet an seine Türe klopften. Das tat sie mit großer Energie und so lange, bis Andryi ihr gebot zu schweigen. Sie verstummte dann augenblicklich und lief zurück zu ihrem Körbchen, in das sie sich immer so setzte, als ob sie eine Sphinx sei. Dabei stand ein Ohr etwas ab, während das andere Ohr einfach runterhing, und die Vorderbeine lagen über Kreuz vor ihrer Brust.

Puppe

Meine Puppe heißt Tilli. Sie gibt mir Schutz, hilft mir durch die Zeit, tröstet mich, wenn ich Angst habe. Ist da, wenn Mama nicht da ist. Tilli ist Traum, Wunsch, Liebe und Sehnsucht. Zu Hause schleppe ich sie mit, egal wohin ich gehe, immer dann, wenn ich Angst habe oder traurig bin. Sie ist Bettnachbar und Seelentröster. Sie wird von mir bearbeitet, auf ihr drücke ich rum, sie fliegt auch mal in eine Zimmerecke, dann, wenn ich wütend bin. Dann schimpfe ich mit ihr, sie ist Blitzableiter, seelischer Mülleimer.

Andere Puppen landen irgendwann auf dem Dachboden, in den Pappkartons der Geschichte. Schlimmer trifft es die, die sich im Mülleimer und dann auf der Müllkippe wiederfinden, dort vermodern, von Mäusen aufgebissen, von Vögeln auf der Suche nach Nahrung ausgeweidet und von Pilzen zersetzt werden. Sie verlieren ihre bunten fröhlichen Farben, werden schmutzig braun, werden eins mit dem, was unter ihnen liegt. Ich will meine Puppe erhalten, sie nicht weggeben, nicht vergessen. Sie ist Krücke, mein Rollstuhl in einer Zeit, die nicht für uns Kinder gemacht ist.

Wir Kinder tragen keine Uniform, sind keine Erwachsenen, mit denen man Krieg führt. Wir wollen wachsen, lernen, brauchen Geborgenheit und Wärme, damit wir irgendwann auch Erwachsene werden.

Ich will nicht erwachsen werden oder wurden wir nur dafür geboren? Gibt es kein Entrinnen? Und müssen wir dann auch das machen, was die Erwachsenen tun? Oder haben wir auch Alternativen? Hoffentlich!

Angeln

Weil die Prothese von Mykyta noch nicht fertig ist, haben wir nicht so viele Spielmöglichkeiten. Alles, was irgendwie mit Bewegung zu tun hat, ist schwierig. Mittlerweile kommt er aber ganz gut klar und ist auch nicht mehr so traurig wie am Anfang. Ich glaube, es muss schwer sein zu begreifen, dass ein Teil von einem fehlt. Wir sind leider keine Reptilien, wo die fehlenden Teile einfach wieder nachwachsen. Ab ist eben ab.

„Was machen wir heute?"

„Weiß nicht."

„Sollen wir rausgehen? Das Wetter ist gut."

„Was sollen wir denn da?"

„Wir könnten jemanden besuchen gehen. Nur hier in der Bude sitzen ist doch doof."

„Keine Lust."

„Worauf hast du denn Lust?"

„Weiß nicht."

„Gut, sollen wir es mal eingrenzen? Was mit anderen machen oder ohne?"

„Ohne."

„In die Stadt, also in ein Geschäft und bummeln oder eher nach draußen?"

„Draußen."

„Im Wald, im Park, auf der Fußballwiese?"

„Auf der Fußballwiese ist ein Loch."

„Und?"

„Die ist kaputt. Außerdem kann ich nicht Fußball spielen. Beim Schießen falle ich um."

„Dann ist es doch okay, dass sie kaputt ist. Dafür steht da jetzt Wasser drin."

„Wollen wir angeln?"

„Da sind keine Fische drin. Wie sollen die denn da reingekommen sein?"

„Weiß ich nicht, ist doch egal. Mit Papa bin ich schon oft Angeln gegangen und wir haben nichts gefangen."

„Okay, dann holen wir erst die Angeln von meinem Vater aus der
Garage und dann gehen wir zum Kraterteich."

„Gehen? Rollen, meinst du!"

„Okay, rollen."

Gesagt, getan. Mit dem Umweg über den Garagenhof, wo unsere
Garage mit den Angelsachen von Papa sich befindet, holen wir das
Notwendigste und steuern dann den neuen Teich an. Kurze Zeit
später sitzen wir am Ufer und schauen runter in den Krater auf
die Wasseroberfläche an seinem Grund. Am Angelhaken hängt etwas Brot, ein Schwimmer markiert die Stelle, an der der Faden ins
schmutzig braune Wasser taucht. Es ist stadtruhig, wie eben eine
Stadt ruhig sein kann. Es rauscht halt immer. Irgendwo sprechen
Menschen, irgendwo spielen andere Kinder. Wir aber sitzen und
schweigen.

„Vermisst du deinen Vater?"

„Ja, sehr."

„Weinst du, wenn du traurig bist?"

„Weinst du um dein Bein?"

„Ja, manchmal schon."

„Ich weine auch um meinen Papa. Er fehlt mir."

„Was sagt deine Mama dazu?"

„Mama geht es nicht gut. Sie ist sehr still geworden und sie hat ihr
Lachen verloren. Es ist gut, dass wir jetzt bei Oma und Opa leben.
Opa versucht immer wieder einen Witz zu machen. Dann lachen
Oma und ich, aber nicht Mama. Manchmal lächelt sie, mehr nicht."

„Meinst du, deine Mama wird wieder fröhlich?"

„Keine Ahnung. Manchmal macht mir ihre Stille Angst. Ich habe
dann das Gefühl, als ob ich sie nicht erreiche. Verstehst du, was ich
meine?"

„Nee."

„Ich spreche mit ihr, aber sie hört mich nicht. Ich schaue sie an, aber ich habe das Gefühl, sie schaut durch mich hindurch. Sie sitzt da und ich kann sie anfassen, aber sie ist mit ihrem Kopf nicht am gleichen Ort."

„Okay, jetzt verstehe ich."

„Und wenn sie so gar nicht da ist, also ich meine mit ihrem Kopf, dann bin ich einsam. Dann fühle ich mich allein. Darf ich was Blödes sagen?"

„Was denn?"

„Eigentlich bin ich ganz froh, dass die Rakete eingeschlagen ist, weil wir dadurch umziehen mussten und jetzt bei Oma und Opa wohnen. Ich weiß, es ist doof, das zu sagen, weil du dein Bein verloren hast."

„Die beiden Sachen haben ja nichts miteinander zu tun. Von daher ist es okay. Ich möchte auch nicht allein sein. Zum Glück sind Mama und Papa da, auch wenn wir immer viel Angst um Papa haben, wenn der zur Arbeit geht. Jetzt, wo so viele Kinder nicht mehr kommen in die Schule und man immer wieder hört, dass Väter im Krieg sterben, rückt das alles näher."

„Ich hätte auch Angst bei dem Beruf, den dein Vater ausübt. Wir hätten niemals damit gerechnet, dass Papa stirbt, als er gefahren ist. Wobei ich glaube, Mama hat es geahnt. Sie hat damals, bevor er gefahren ist, mit Papa gestritten. Sie wollte nicht, dass er fährt. Und ich habe gedacht, es wird alles gut, weil er seinen Glücksbringer mitgenommen hat. Der scheint aber nicht zu taugen."

„Fangen wir heute noch was?"

„Hier ist doch nichts drin."

„Wollen wir wieder gehen?"

„Rollen!"

„Na gut."

„Nee, lass uns mal noch ein bisschen hier sitzen."

Gefangen haben wir an diesem Nachmittag nichts mehr. Was auch, es war ja nichts drin im Trichter, der von einer russischen Rakete gegraben wurde. Es war ein Nachmittag ohne Lachen und es sollte so weitergehen. Dem Lachen war die Luft ausgegangen.

Kirche

Ein Turm, ein Schiff, nein, nicht im Meer, etwas höher gelegen als die umliegenden Häuser, die farbigen Fenster alle zersprungen. Einschüsse an den Wänden, Maschinengewehrsalven haben Straßen auf die Wände geschrieben. Der Friedhof mit umgeworfenen Steinen, dahinter ein paar Gräber ausgehoben, nicht besetzt, auf den Erdhaufen sprießt zartes Grün, ein Löwenzahn versucht schneller zu wachsen. Bestehende Gräber ungepflegt, nur wenige mit frischen Blumen.

Im Inneren der Kirche Bänke in soldatischer Form hintereinander aufgereiht, verstaubt, der Opferstock leer, die Gebetsbücher liegen verteilt im Schiff, die Kerzen erloschen, bis auf eine. Im Seitenschiff zerbrochene Bänke, es riecht nach Rauch. Das einfallende Licht erzeugt Treppen, als ob man dort hinaufgehen könnte. Der eine oder andere wird dies tun, dann, wenn eine Kugel ihn vom Leiblichen befreit hat. Dann, wenn die Schmerzen endlich ein Ende haben. Das Blut aufhört zu fließen und damit auch das Leben aus dem Körper geflossen ist.

Zarter Rauch wabert in Zeitlupe durch den Raum. Kein Kirchgänger stört das lautlose Schweben, verursacht Wirbel in den Wolken. Die Teilchen bewegen sich kaum, scheinen in der Luft zu stehen. Stillstand nach dem Chaos.

Ich schaue hinab von meinem Platz hinter dem Altar. Dort stehe ich immer schon, solange es die Kirche gibt. Stehen ist der falsche Ausdruck, ich hänge dort und schaue auf die, die mir folgen, von denen keiner hier ist. Laut war es in den vergangenen Tagen um mein Haus herum. Die Fenster splitterten hinein, Menschen schrien und verstummten. Ich war nicht draußen. Ich weiß ja, was dort geschah. Nun ist wieder Ruhe, keiner stört den Frieden. Ich atme auf.

Vor mir brennt eine Kerze, die einzige in meinem Haus. Ihr Licht wackelt kaum. Ganz gerade leuchtet sie. Neben ihr liegt ein Soldat, verblutet, kalt und still. Er war Teil dieses Irrsinns, den die Menschen immer wieder anzetteln. Mit Mühe ist er in mein Haus gekommen, hat eine letzte Kerze angezündet und sie vor mich hingestellt. Tränen gruben kleine Straßen in sein staubiges Gesicht. Beim Atmen rasselte es. Ich denke, er hat verstanden, zu spät, denn sein Mund ist nun verschlossen. Seine Erfahrungen wird er nicht mehr teilen. Er atmete noch einmal aus.

Sie können nicht anders. Ich habe versucht, ihnen einen anderen Weg zu zeigen, aber sie verstehen ihn nicht. Immer und immer wieder wiederholen sie ihn. Eine Wolke vor meinem Haus löscht die Lichttreppe im Raum, die Kerze erscheint nun heller. Eine Treppe braucht es hier nicht mehr.

Eule

Manchmal fühle ich mich wie eine Eule. Ich fliege nachts lautlos zwischen Bäumen umher, an Häusern vorbei, hinein in den Park. Dann sitze ich in einem Baum und schaue hinab auf die dunkle Wiese. Hier und da raschelt ein unvorsichtiges Mäuschen auf der Suche nach Nahrung. Dann stoße ich mich leise von meinem Ast ab und gleite lautlos über die Wiese hin zu dem kleinen Wesen, um es zu fangen. Wer unvorsichtig ist in der heutigen Zeit, der wird bestraft.

Meistens fliege ich aber nur umher. Ich bin gar nicht wirklich die Eule. Ich bin Danylo aus Fastiw, ein ganz normaler Junge, der zur Schule geht und der draußen spielen möchte. Normal ist aber nichts mehr. Deshalb lässt mich meine Eule mitfliegen, dann darf ich durch ihre Augen schauen. Ich darf sehen, was sie sieht.

Er fasziniert mich, dieser lautlose Flug durch die Dunkelheit. Die kühle Luft, die uns entgegenweht, unsere Lungen füllt mit seiner Frische.

Wir fliegen stundenlang, mal im geraden Gleitflug, mal kurvenreich und waghalsig zwischen den Bäumen umher. Wir sitzen in der Straße in einem Baum und beobachten die Menschen, die nachts noch eilig unterwegs sind und ganz nahe an der Hauswand laufen, damit sie nicht so schnell gesehen werden. Wir fliegen in die Stadt, die meistens menschenleer ist. Nur ab und an rast ein Auto durch die Straßen. Manchmal sitzen wir vor einem Fenster und schauen in das Wohnzimmer eines uns fremden Menschen. Sehen, wie sie ihr Leben organisieren, Kartoffeln schälen oder telefonieren.

Wir fliegen zu den Fabriken, die nachts mit ganz wenig Licht arbeiten müssen, damit sie von oben nicht als Ziele erkannt werden. Wir sitzen in Kirchtürmen und schauen auf die Stadt herunter. Wir fliegen zu einem Krankenhaus, in dem immer Hektik Teil des Alltags ist. Egal ob am Tag oder in der Nacht. Wie am Fließband kommen ständig Autos und bringen Menschen. Und immer rennen die Ärzte und das Pflegepersonal.

Und manchmal fliegen wir auch zu den Soldaten, die am Stadtrand im Wald sitzen und auf uns aufpassen. Sie sind genauso wach, wie wir es dann gerade sind.

An manchen Tagen halten wir die Stadt nicht aus. Sie ist uns auch in der Nacht zu laut, zu voll, zu hektisch, zu gewaltsam. Dann fliegen wir ganz aus ihr raus. Kreisen über Wiesen und Seen, steigen auf bis zu den Wolken oder fliegen in einen anderen Wald, den wir noch nicht kennen. Das sind die Tage, wo die Lust auf Ruhe und Freiheit stärker ist als die Neugierde. Dann sitzen wir stundenlang auf einem Baum am Rande eines Sees und schauen auf die Wasserfläche, in der sich der Mond spiegelt. Manchmal kitzelt der Wind die Wasseroberfläche und kleine Wellen eilen über den See. Manchmal klatscht es in der Stille, wenn ein Fisch aus dem See springt und wieder zurück auf die Wasseroberfläche fällt. Hier ist dann nichts, was uns Angst macht. Hier ist Ruhe. Nur hier kann ich das erleben, nur in dieser Form ist es möglich.

Es ist die Freiheit, die ich mag, die ich leben möchte, die ich brauche. Ich möchte nicht ständig aufpassen. Will mich nicht nach Bedingungen richten, die ich mir nicht ausgesucht habe, die mir von wildfremden Menschen aufgedrückt werden. Mit welchem Recht?! Ich möchte einfach leben, frei sein, lachen, unbeschwert sein, Kind sein. Da das alles nicht geht, fliege ich nachts, dann, wenn ich im Bett liege. Wenn die Lichter im Haus erloschen sind, wenn alle schlafen und die Raketen auf eine andere Stadt runterregnen. Dann schleiche ich in Gedanken zu meiner Eule, die in Opas Garten auf dem Apfelbaum auf mich wartet. Sie nimmt mich auf ihren Rücken und wir fliegen los. Einfach so und ohne dass ich Mama fragen muss. Später in der Nacht kehren wir dann zurück. Ich kuschle mich dann wieder in mein Bett ein, ziehe die Decke leise über den Kopf und tauche ab in die leere Nacht, um noch ein paar Stunden zu schlafen.

Die Eule und ich sind Freunde und ich brauche sie, damit ich das leben kann, wonach ich mich sehne.

Wann wir Freundschaft geschlossen haben, weiß ich gar nicht mehr so genau. Ich glaube, wir haben uns kurz nachdem getroffen, als Papa gefahren ist. Eines Nachts saß sie vor meinem Fenster und hat mir zugeblinzelt. Wir haben gar nicht sprechen müssen, sondern mir war sofort klar, dass wir fliegen gehen. Seitdem sind wir immer wieder unterwegs. Vielleicht lebt Papa jetzt in der Eule?

Und manchmal, morgens, wenn ich aufstehen muss, um in die Schule zu gehen, liegt eine Feder vor meinem Bett. So als ob die Nacht Wirklichkeit war.

Schnee

Frischer Schnee ist Frieden. Auf der einen Seite fällt er lautlos. Auf der anderen Seite überdeckt er alles mit einem weißen Tuch und er ist weiß wie eine Friedensfahne. Das ist die positive Seite des Schnees, der die Schlachtfelder zudeckt, der Landschaft einen temporären Frieden gibt.

Die andere Seite der Medaille ist dunkel, wenn auch nicht schwarz. Weißer Schnee ist wie leeres Papier. Unbeschrieben voller Hoffnung, beschrieben kann es dagegen ein Dokument des Grauens sein. Blendend, wenn die Sonne scheint, eiskalt nachts, wenn nur der Mond spärliches Licht verbreitet.

Jeder erkaltete Soldat wird bedeckt, wird unsichtbar für den Spaziergänger, der fast mit seinem Fuß an ihn stößt. Jeder getroffene Soldat, der noch warm in den kalten Schnee sinkt, schreibt eine rote Geschichte.

Es ist Winter geworden. In den letzten Wochen sind die Temperaturen kontinuierlich gefallen. Tag für Tag rutschte die rote Säule im Thermometer etwas weiter hinunter. Jetzt klopfen die kalten Monate an die Türe, die uns in die Häuser treiben und in denen unser Augenmerk darauf liegt, uns warm zu halten. Kein Thema wird in den kommenden Wochen so zentral werden wie die Wärme, die uns allen fehlt. Wir Kinder finden es toll, wenn draußen der weiße Schnee alles bedeckt und uns einlädt die ersten Schneeballschlachten zu spielen. Der Krieg im Kleinen. Und wie die Tiere versuchen ins Winterfell zu wechseln, so tun dies auch unsere Soldaten. Sie wechseln ihre braungrünen Monturen gegen weiße. Nach Trockenheit im Sommer, Regen und Matsch im Herbst stehen jetzt Schnee, Kälte und gefrorener Boden an. Der zweite Winter in einer Zeit, die so anders ist als die Zeit davor.

Der Mann aus Russland wird versuchen alles das kaputt zu machen, was wir brauchen, um uns zu wärmen. Je kälter es wird, je länger die Kälte andauert, umso mehr geht das Leben dann an die Substanz eines jeden Einzelnen, weil der Körper dauernd damit beschäftigt ist, seine Temperatur konstant zu halten.

Opa hatte vorgesorgt. Er glaubte schon im Sommer nicht daran, dass der Krieg enden würde. Also hat er Holz gesammelt, teilweise unter dem Gelächter des einen oder anderen, der nicht an seine Hypothesen eines kalten Winters glaubte. Sie waren so voreingenommen von sich, dass sie ihren Siegeswillen bereits als Realität betrachteten. Ihre Arroganz kam wie ein Bumerang zu ihnen zurück und jetzt hatten sie nicht genug für den anstehenden Winter, denn der Krieg war wider Erwarten doch nicht gewonnen und beendet worden.

„Die Russen wollen uns zerstören, versteht das doch endlich. Jeden von uns wollen sie töten. Das ist ihre Strategie. Deshalb greifen sie Krankenhäuser genauso an wie militärische Einrichtungen, Kindergärten oder Supermärkte. Ihnen ist jeder Mensch für sich betrachtet völlig egal. So gehen sie sogar mit ihren eigenen Soldaten um. Das Individuum zählt nicht, nur Russland, das Land. Spurt der Soldat nicht so, wie es für seine Einheit vorgesehen ist, wird er von seinen eigenen Leuten erschossen. Sie sind wie Ameisen. Es zählt nur das Volk an sich, aber nicht seine Teile. Jeder Einzelne ist wertlos. Deshalb hat Putin auch so eine Angst, dass wir Ukrainer zusammenstehen. Wir gewinnen nur als Kollektiv."

Er hatte es immer und immer wieder gepredigt. Die einen haben zustimmend genickt und sind weitergelaufen, die anderen haben gar nicht erst hingehört. Die, die zuhörten, hatten meist auch ihren Bollerwagen dabei und sammelten in den Trümmern zerstörter und verlassener Häuser das, was sie zum eigenen Überleben brauchten. Die anderen nutzten staatliche Hilfen oder Hilfsorganisationen, die wie Pilze aus dem Boden geschossen waren, um der Bevölkerung zu helfen. Denn allen sollte klar sein: Der Krieg, den Putin angezettelt hatte, war nicht primär auf die militärische Verteidigung ausgerichtet, sondern gegen Menschen, egal ob Soldat, Kleinkind,

Greise oder Verletzte. Es ging um die Verbreitung von Angst, um eine Nation zu destabilisieren. Damit diese sich freiwillig unter den vermeintlichen Schutzmantel von Mütterchen Russland flüchten würden. Mütterchen ist dabei schon viel zu freundlich. Eher passt dazu die alte Hexe von Hänsel und Gretel, die dich aufnimmt, um dich dann zu verspeisen. Die Ukraine bleibt aber das gallische Dorf und wehrt sich hartnäckig.

Jetzt war sein Schuppen voll mit Holz und er etwas beruhigter, weil er und seine Familie, nun nicht mehr frieren würden, wenn die Infrastruktur weiter beschädigt würde. Eine typische Eigenart der allermeisten Ukrainer ist es, sich zuerst um sich selbst zu kümmern, da sie nicht davon ausgehen, dass der Staat ihnen hilft. Opa konnte die anderen Menschen nicht verstehen, die sich auf Hilfe verließen. Irgendwann hat er aufgehört sich darüber Gedanken zu machen. Er hat morgens nach dem Frühstück und dem Versorgen der Hühner seinen Bollerwagen genommen und geschaut, wo nachts wieder eine Bombe, eine Kamikazedrohne oder eine Rakete eingeschlagen war. Dort lagen dann innerhalb der Trümmer Holzstücke, Bretter und Balken, die keiner mehr brauchte. Diese sammelte er zusammen und lud sie auf seinen Wagen, um sie zu Hause im Schuppen zu stapeln.

Jetzt zum Winterbeginn war der Schuppen ein Sammelsurium der Stadt geworden, ein Abbild der Zerstörungen, denn von fast jedem Tatort gab es nun Relikte, die hier trocken aufgestapelt ihrer zukünftigen Aufgaben harrten. Opa würde alles in den kommenden Monaten verbrennen. Er würde die Spuren des Krieges nach und nach vernichten, wie ein privater Feldzug gegen den Mann aus Russland und am Ende des Winters würde alles in Rauch aufgegangen sein, der vom Wind mit dem Westwind nach Russland zurückgeweht würde. Vielleicht wäre hier dann noch ein wenig Geruch nachzuweisen, aber es würden keine sichtbaren Spuren mehr vorhanden sein.

Ein bisschen kann man es als Recycling von Müll betrachten. Er will die kalten, tödlichen Spuren des Krieges umwandeln in wohltuende Wärme, die uns am Leben erhält. Opa will damit, vielleicht unbewusst, zeigen, dass, auch wenn es uns hart trifft, wir noch einen Nutzen aus der Aggression ziehen können und er wendet sich damit gegen den Mann aus Russland.

Nebel

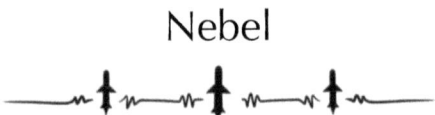

Wie Watte, die irgendjemand über das Land gelegt hat, erscheint meine Umgebung. Ich bin wieder mit der Eule unterwegs. Nur ihr scharfes Gehör erlaubt uns sicher durch den Nebel zu fliegen. Nebel, der nur im Umkreis von zehn Metern Dinge schemenhaft erkennen lässt. Dahinter im frühen morgendlichen Dunkelgrau Geräusche, keine Konturen, nichts. Meine zehn Meter Sichtweite begleiten mich als Kreis. Wie eine Folie, die man an einer Stelle mit dem Finger reindrückt. Die kreisrunde Delle ist immer nur um den Finger herum. Ist der Finger weitergerutscht, verschwindet hinter ihm die Vertiefung. Genauso ist es mit der Sichtweite im Nebel. Der Umkreis des Sichtbaren läuft mit, macht jede unserer Flugbewegungen mit und belässt uns doch im Mittelpunkt. Unser Zentrum ist das, was wir sehen.

Den Rest hören wir. Damit basteln wir uns unsere eigene Wirklichkeit zusammen. Die Wirklichkeit hinter dem Nebel ist reine Hypothese. Wir müssen uns bewegen, damit wir mit unserer Sichtweise eine möglichst große Fläche berühren können. Bleiben wir stehen, sehen wir nur diesen Punkt, lernen nichts dazu. Wir sind als Mittelpunkt nur ein einfacher Eindruck. Erfahrungen sind Schlaglichter, sind Sichtweiten eines Menschen. Viele zusammen ergeben ein Bild. Die Eule hört durch den Nebel. Sie hat mehr Informationen als wir Menschen, deren Sinnesorgane nur die Basis abdecken.

Der gefrorene Grashalm

Nachts hat der Wind den Nebel in die Stadt geschoben. Gleichzeitig sind die Temperaturen gefallen. Die Kombination aus Nebel und Kälte hat dazu geführt, dass alles, was mit ihm in Kontakt getreten ist, mit einem weißen, glitzernden Überzug versehen wurde. So stehen die Bäume und die Grashalme morgens auf meinem Schulweg gefroren am Wegesrand zwischen den Gehwegplatten. Starr sind sie, fort ist ihre Bewegung. Ihr Wiegen im Wind wird ersetzt durch ein strammes Stehen. Der kalte Wind streicht an ihnen vorbei und lagert weiteres Eis an ihnen ab. Macht sie unbeweglicher mit jedem weiteren Hauch. Legt immer weitere Schichten eines kalten Panzers um sie herum. Dabei ist Hauch eher mit warmer Atemluft assoziiert. Ich bleibe stehen, forme den Mund zu einer kreisrunden Öffnung und atme aus. Nebel um mich herum und aus mir heraus. Er sieht genauso aus.

Ich gehe weiter durch die Straßen. Sie sind noch still, zumindest die Seitenstraßen. Die Hauptstraßen, die sich langsam aus den Seitenstraßen füllen, sind dagegen schon lauter. Die morgendliche Dämmerung zieht auf und bringt schwaches Licht in die gefrorenen Straßen. Erste Vögel erwachen und beginnen ihr Tagewerk. Eine kleine Maus huscht an mir vorbei und berührt einen Grashalm, dessen Eispanzer abfällt. Ein einzelner Halm beginnt sich im Wind zu bewegen, dabei stößt er immer wieder an benachbart stehende Halme, als ob er sie wecken will.

Ohne Rollstuhl

Mykyta hat seine Prothese bekommen. Jetzt kann er, zwar noch an Krücken, endlich wieder lernen auf zwei Beinen zu gehen. Er war morgens nicht in der Schule, wie so oft in den vergangenen Wochen. Im Krankenhaus hatten sie seine Prothese angepasst und letzte Einstellungen vorgenommen. Heute war ein guter Tag für ihn.

Ich schelle und diesmal öffnet nicht seine Mutter wie sonst in den vergangenen Wochen, sondern er steht grinsend vor mir. Wir begegnen uns endlich wieder auf Augenhöhe, ich muss nicht mehr auf einen Rollstuhl hinabschauen. Ich lächle zurück.

„Endlich!"

„Das sieht geil aus, dich so zu sehen!"

„Ja, endlich, hat ja auch lang genug gedauert. Jetzt muss ich üben, damit ich noch die Krücken wegschmeißen kann."

„Dann können wir ja gleich Fußball spielen gehen."

„Wohl nicht", höre ich aus der Küche. Wir lachen und gehen ins Wohnzimmer. Mykytas Mama hat Kakao gekocht und zur Feier des Tages Plätzchen auf den Tisch gestellt. Zu dritt setzen wir uns um den Tisch.

„Mykyta muss jetzt viel üben. Es wäre also schön, wenn ihr das gemeinsam machen könntet. Ein bisschen Hilfe braucht er noch und einer muss aufpassen, falls er mal fällt."

„Das bekommen wir hin. Wir gehen gleich mal zu Frau Jeva. Vielleicht bekommen wir bei ihr wieder was zu naschen."

„Dann könnt ihr auch gleich einen kleinen Einkauf für mich machen. Ich kann mir dann einen Weg sparen."

Wir essen schnell auf. Mykyta nimmt sich seine Krücken und ich die Einkaufstasche und los geht's. Zwar kommen wir nicht so schnell voran, aber ich muss zumindest nicht mehr schieben. Frau Jeva freut sich, als sie uns sieht und natürlich bekommen wir heute ein extragroßes Stück. Die paar Sachen sind schnell eingekauft und bald sind wir auch wieder zu Hause. Mykyta ist platt. Die letzten Wochen haben zwar seine Arme trainiert, wenn er seinen Rollstuhl bewegt hat, dafür sind seine Beine aber etwas zu kurz gekommen. Er sitzt auf dem Sofa, ihm fallen die Augen zu.

„Trainingslager, würde ich mal sagen, mit einer Portion Ausdauer."

„Sieht wohl so aus", pflichtet mir seine Mutter lächelnd bei.

Mykyta schmunzelt, lehnt sich zurück und schläft ein. Seine Mutter und ich nicken uns zu und ich verlasse die Wohnung. Endlich, Mykyta ist wieder da. Der erste Spaziergang hat geklappt.

Training

In den kommenden Tagen gehen wir bei jedem Wetter raus und nach einer Woche benutzt Mykyta auch nur noch eine Krücke. Sein Gang wird sicherer und sein Tempo nimmt zu. Er hat den festen Willen, bald wieder so laufen zu können, wie ich das mit zwei vollständigen Beinen tun kann. Wie besessen trainiert er dafür. Er ist nicht zu bremsen. Seine Mutter muss ihn immer wieder zu Pausen anhalten, denn der Stumpf seines Beines soll nicht überfordert werden. Zu schnell würde er sich entzünden und Mykyta wieder auf die Couch zwingen. Aber alles geht gut. Unsere Rundgänge werden immer großzügiger, denn mein Freund will das sehen, was er in den vergangenen Wochen verpasst hat.

Aber auch Mykyta will mir Dinge zeigen, die mir bisher verborgen geblieben sind und die ich nicht beachtet habe. Da sind die vielen Amputierten vor dem Krankenhaus, die teilweise noch mit blutigen Verbänden auf eine weitere Behandlung warten. Andere laufen an Krücken oder sitzen in Rollstühlen. Ich habe sie in den vergangenen Wochen auch immer wieder gesehen, aber eigentlich bin ich nur schnell an ihnen vorbeigegangen, um zu Mykyta zu gelangen, als er noch in seinem Krankenzimmer lag. Wahrgenommen habe und wahrnehmen wollte ich sie nicht.

Viele der Erwachsenen, die hier sitzen, schauen glasig vor sich hin. Sie wissen, dass für sie der Krieg beendet ist. Sie sind keine Hilfe mehr für andere, für ihr Land, für ihre Familien, sondern sie sind auf Hilfe angewiesen. Sie kommen sich hilflos und nutzlos vor. Aus einem, der hilft, wird einer, der auf die Hilfe von mehreren angewiesen ist. Das Verhältnis kehrt sich um. Für den Feind ist es sinnvoll, möglichst viele Soldaten zu verletzen, weil er damit andere bindet. Ein toter Soldat ist eben nur einer. Ein verletzter Soldat sind meistens drei, die aus dem Kampfgeschehen herausgenommen werden. Schlimmer ist noch das Gefühl, jetzt auch noch wehrlos zu sein. Wie soll man sich verteidigen, wenn beide Beine fehlen, wenn der bewaffnete Feind vor einem steht? Sie ähneln in ihrer Hilflosigkeit Kleinkindern, obwohl diese zumindest noch wegrennen können. Auch das ist ihnen nicht mehr möglich. Sie sind wie angepflockte Schafe, vor denen der Wolf steht.

Ich sehe einen sportlich durchtrainierten Mann, dem beide Beine fehlen. Muskulöser Oberkörper, breite Oberarme, ein Hals wie eine Säule, ein Sixpack dort, wo der Bauch bei anderen Männern ist. Mykyta kennt ihn. Sie haben gemeinsam die Tage hier verbracht.

Artem, so heißt der Soldat, begrüßt Mykyta lächelnd.

„Du hast es geschafft?"

„Ja, wenn ich eine lange Hose trage, sieht man es nur an meinem Humpeln. Klasse, was?"

„Sieht gut aus, als ob nichts gewesen wäre. Wie geht es dir mit der Prothese?"

„Es ist okay, ich lerne damit umzugehen. Mama und meine Freund Danylo helfen mir viel. Ich krieg das hin. Sie drückt noch ein bisschen hier an der Seite, aber das wird bestimmt noch besser. Wie geht es denn bei dir voran?"

„Ach, das dauert noch. Ich brauche zwei neue Beine. Da ist das Laufenlernen komplizierter. Ein paar Monate wird das wohl noch dauern."

„Und was machst du bis dahin? Hast du so viel Geduld? Für mich wäre das nichts."

„Laufen wird wohl nicht mehr gut gehen, zumindest nicht mehr vorne an der Front, da, wo ich meine Kameraden gerade allein lasse. Ich will mich jetzt weiterbilden, irgendwas mit Drohnen denke ich."

„Also doch wieder kämpfen?"

„Was bleibt uns anderes übrig?! Solange man irgendwas tun kann, muss man es auch machen. Mit meinen Armen und dem Kopf ist ja nichts. Die funktionieren noch ganz gut."

Wir schweigen, während wir zu den anderen Männern hinüberschauen, die uns zugehört haben. Eine Krankenschwester kommt und fährt Artem wieder ins Gebäude. Seine Therapie beginnt gleich. Ich schaue meinen Freund an. Uns fehlen die Worte. Vieles verstehen wir noch nicht und wir können es uns auch nicht vorstellen. Vielleicht ist es auch besser so.

„Gehen wir?"

Er nickt. Hinter dem Krankenhaus, als wir wieder auf unsere Straße einbiegen, bricht er das Schweigen.

„Was machen wir, wenn wir groß sind? Müssen wir dann auch kämpfen?"

„Ich weiß es nicht. Vielleicht ist dann alles vorbei."

„Würdest du kämpfen, so wie Artem oder dein Vater?"

„Ja, ich denke schon. Warum fragst du?"

„Ich habe Angst. Ich weiß nicht, ob ich es tun will. Papa ist schon tot. Mama wird dann noch trauriger."

„Und ich bin sauer. Alles macht der Mann aus Russland kaputt, auch mich. Ich werde dem auch die Beine abschneiden. Ich habe dem nichts getan. Ich kenne den nicht einmal, nur aus dem Fernsehen."

An diesem Nachmittag bringe ich Mykyta nur bis zum Haus. Er kann von allein bis zu seiner Wohnung hinaufgelangen. Auf meinem Weg zu Oma und Opa muss ich an unserer kaputten Wohnung vorbei. Kurz bleibe ich stehen und schaue in unsere Küche. Hier haben wir mit Papa gewohnt und gegessen. Jetzt sind wir nur noch zu zweit und unsere eigene Wohnung haben wir auch nicht mehr.

Irgendwas verändert sich in mir. Es tut weh. Ich kann es nicht fassen, aber die Leichtigkeit des Kindseins verlässt gerade meinen Körper. Es ist schwer. Ich vermisse Papa und ich bin wütend.

Wieder angeln

Draußen ist es kalt. Der Winter hat sich breitgemacht. Mykyta und ich sind erneut an unserem Bombenkrater auf dem Fußballplatz und wollen angeln. Eis bedeckt die kleine Wasserfläche und wir haben beschlossen die alte Tradition des Eisangelns durchzuführen, auch wenn wir wissen, dass immer noch keine Fische in dem kleinen künstlichen Teich vorhanden sind.

„Hält das Eis?"

„Versuch's mal. Wenn du einbrichst, sinkst du ja nicht so tief."

„Sehr witzig. Mach du mal, deine Prothese kann ja nicht frieren."

Mykyta klettert vorsichtig den Kraterrand herunter und steht jetzt auf dem gefrorenen Boden vor der Eisfläche. Vorsichtig klopft er mit seinem Prothesenbein auf das Eis. Nichts, kein Knacken, kein Knirschen.

„Hält!"

„Gut, dann nimm jetzt den Hammer und schlag ein Loch in das Eis."

Mykyta holt aus und schlägt direkt am Ufer auf das Eis.

„Nicht da, weiter in der Mitte."

„Und wenn ich dann doch einbreche?"

„Du hast doch gerade gesagt, dass es hält."

„Ja, aber, wenn doch."

„Ja, was denn jetzt? Nun mach schon."

Mykyta steigt auf das Eis und rutscht langsam in Richtung Mittelpunkt. Immer noch alles ruhig. Kein Knirschen, kein Knacken.

„Ich glaube, da ist gar kein Wasser mehr drunter. Das Eis geht bis zum Boden."

„Echt jetzt? Mach mal ein Loch."

„Mach selber."

Ich gehe vorsichtig zum Mittelpunkt und wir beide stehen nebeneinander und schauen hinunter auf das Eis. Mit dem Hammer, den wir aus der Garage mitgenommen haben, schlage ich ein Loch in das Eis. Immer tiefer. Kein Wasser, nur Eis, bis zum Grund.

„Stimmt, hier ist nichts. Und nun? Dann brauchen wir auch unsere Angeln nicht fertig zu machen. Wenn da noch Tiere drin sind, sind die eingefroren."

Zum Beweis, dass alles bis zum Grund durchgefroren ist, fange ich an zu hüpfen. Es ist wie Beton. Alles ist steinhart.

„Scheiße. Komm, wir bringen alles zurück in die Garage und gehen in die Stadt. Da sollen Panzer gekommen sein. Die können wir uns ansehen."

Eine halbe Stunde später ist alles wieder verstaut und wir sind auf dem Weg in die Stadt. Auf der Durchgangsstraße steht ein Konvoi von zwei Dutzend Panzern und wartet auf die Weiterfahrt. Überall laufen Soldaten mit Gewehren herum. Dazwischen Frauen, die ihre Männer verabschieden. Einige weinen, andere halten sich still in den Armen. Es werden Tüten mit Verpflegung gereicht, andere fotografieren, machen Selfies. Mykyta und ich stehen gegenüber dem Konvoi auf der anderen Seite der Straße und bestaunen die Größe der Panzer.

„Mit so einem würde ich gerne mal mitfahren. Das macht bestimmt Spaß. Kennst du jemanden von den Soldaten?"

„Nee, niemanden. Die sind aber auch schon alle älter und vielleicht kommen die auch gar nicht von hier, sondern machen nur Pause."

Hinter uns nähert sich ein älterer Mann, laut fluchend bleibt er neben uns stehen.

„Die sind doch verrückt, dass die hier mitten in der Stadt stehen müssen", schnauzt er.

Ich drehe mich zu ihm um und schaue ihn verständnislos an.

„Der Russe beobachtet uns doch. Wenn dann mehrere Panzer nebeneinanderstehen, ist das doch ein leichtes Ziel. Die sollen endlich weiterfahren. Und dann noch überall diese Handys, die doch auch angezapft werden. Seht besser zu, dass ihr von hier verschwindet. Hier wird's bestimmt gleich knallen."

Bellt es heraus, packt seine Plastiktüte und schlurft immer noch maulend, aber eilig weiter. Wir schauen ihm nach, bis er hinter der nächsten Ecke verschwindet. Unsere Blicke treffen sich, wir verdrehen die Augen.

„Was für ein Spinner. Der trinkt doch."

Sogleich sind wir wieder gefangen von den Panzern. Auf einmal ertönen die Sirenen.

Luftalarm

Ohrenbetäubend kreischen sie heraus, dass eine sich nähernde Gefahr droht. Die Soldaten rennen zu ihren Panzern, die ersten starten schon ihre Motoren. Dicker schwarzer Qualm quillt aus den Maschinen und verteilt sich in der Straße. Dieselgeruch breitet sich aus. Alle Zivilisten rennen von den Panzern weg in Richtung der Häuser und Geschäfte, versuchen sich in Schutz zu bringen. Mykyta und ich stehen wie angewurzelt da und wissen nicht, was wir tun sollen. Eine ältere Frau kommt auf uns zu und fuchtelt mit den Armen.

„Ihr müsst hier weg. Hier könnt ihr nicht bleiben. Los, mitkommen, aber schnell."

Wir haben keine Zeit zu überlegen und rennen der unbekannten Frau hinterher. Diese erreicht eine Kellertreppe, läuft hinunter und reißt die Türe auf. Sie scheint hier zu wohnen. Wir folgen ihr, ohne zu wissen, wohin wir hier kommen. Die Frau wirft die Türe hinter uns zu und bedeutet uns in den hinteren Kellerraum zu gehen, möglichst weit weg von dem Kellerabgang an der Straße. Ein leerer Raum mit Matratzen, Kissen und Decken liegt vor uns. An einer Wand stehen ein paar Plastikflaschen Wasser auf dem Tisch. Ein kleines Landschaftsfoto mit schneebedeckten Bergen ziert eine unverputzte Wand, ansonsten ist der Raum leer. Je weniger in einem Luftschutzraum liegt, umso weniger kann herumfliegen, falls es doch einen Treffer geben sollte. Alles, was fliegen kann, kann einen auch verletzen. Draußen kreischen immer noch die Sirenen in einem Duett mit startenden Panzern, die sich gerade in Bewegung setzen. Alles vibriert. Die Frau schließt auch die Türe von dem hinteren Kellerraum, in dem wir jetzt mit ihr sitzen. Wir sind ganz allein. Ich denke kurz an Hänsel und Gretel.

„Setzt euch dahinten in die Ecke auf die Matratze und klemmt euch überall die Kissen hin", befiehlt sie uns.

„Bleibt weg von der Tür."

Sie setzt sich in die gegenüberliegende Ecke, auf eine alte, abgewetzte Matratze und legt sich auch ein großes Kissen auf ihren Bauch.

Die Sirenen verstummen. Es wird stiller. Wir hören nur den Panzerkonvoi, der am Haus vorbeifährt. Auch das Vibrieren wird weniger, die Panzer werden leiser, entfernen sich.

In die aufkommende Stille hinein platzen plötzlich zwei heftige Explosionen. Zwei Drohnen sind der Luftabwehr über Fastiw durch die Lappen gegangen. Ihr Ziel ist der Panzerkonvoi. Der alte motzende Mann hatte Recht. Die Drohnen schlagen direkt in die Panzer ein und lösen eine Kettenreaktion aus, denn sie zerstören nicht nur das Kampfgerät und töten augenblicklich seine Besatzung, sondern bringen auch die eingelagerte Munition zur Explosion, die auch den davor fahrenden Panzer zerstört.

Alles vibriert, alles wackelt, die Scheiben im Haus zerplatzen, Putz bröckelt von den Wänden und von der Decke und rieselt auf uns herab. Rauch zieht unter der Türe in unseren Raum.

Innerhalb der Explosion

Es ist der Augenblick, in dem das Grauen und die Angst die Herrschaft über mich übernommen haben. Es ist der Augenblick, in dem ich die Kontrolle verliere, nicht mehr Herr meiner selbst bin. Das Gehirn arbeitet viel zu schnell und hat ein Eigenleben begonnen. Meine körperlichen Funktionen, meine Nerven reagieren alle gleichzeitig, völlig unabgestimmt zueinander. Es ist Chaos im Körper und im Kopf, der immer noch versucht eine Ordnung aufzubauen, damit zielgerichtet gehandelt werden kann. Eine koordinierte Handlung wäre im Augenblick völlig undenkbar. Käme eine Situation auf mich zu, in der ich zielgerichtet handeln müsste, würde ich jetzt versagen. Es ist ein Freilaufen aller Sinne, das mir den Boden unter den Füßen entzieht. Ich falle, obwohl ich mit Kissen und Decken an der Seite meines besten Freundes unter der Erde in einem Keller in einer Ecke auf einer Matratze sitze. Der fassbare Schutzraum, der gefühlt für mich keiner ist. Es ist der Zustand der grenzenlosen Panik. Der Begriff kopflos passt ganz gut, denn Kopf und Körper haben sich getrennt, bilden keine Einheit mehr. Mein Körper ist den Kopf los. Es ist, als ob jeder Teil in eine andere Richtung rennen will.

Die Lunge versucht immer noch alles mit Sauerstoff zu versorgen und geht in einen hechelnden Zustand über, auch sie schafft es nicht mehr, eine Struktur in das Ganze zu bekommen.

Fehlender Sauerstoff führt dazu, dass alle Teile nicht mehr ausreichend versorgt werden. Sie verkrampfen, ringen um Luft, da sie sonst nicht arbeiten können. Es ist, als ob mir jemand den Hals zuschraubt. Mein Körper zittert, es ist zu viel Energie in ihm, er müsste rennen, weg von der Gefahr, um sie abzubauen und ich tue das Gegenteil, indem ich ihn nicht bewege, sondern mich ducke, weil ich nicht weiß, ob die Decke über mir gleich noch sein wird. Aber die aufsteigende Energie, der Fluchtinstinkt muss irgendwohin. Er versucht sich Bahn zu brechen, bevor ich platze. Noch ist sie im

Zentrum meines Körpers, unten in der Lunge, aber sie will hoch, ich spüre, wie sie steigt. Ich recke meinen Kopf nach hinten, als ob mir jemand einen Stock durch den Hals schieben würde, damit es ein gerader Weg wird. Eine Kante, ein Bogen in der Luftröhre würde dazu führen, dass alles zerreißt.

Es ist wie dünnflüssige Lava, die aufsteigt. Der Horrorfilm in mir. Langsam beginnt sich alles zu füllen, ich atme nur ein, nicht aus, der Druck steigt kontinuierlich. Ich spüre, wie er den unteren Rand meiner Kehle erreicht, dann ist kein Halten mehr. Mein Mund öffnet sich, so weit er kann, und aus mir heraus bricht ein gellender Schrei hinein in die Explosionen draußen auf der Straße. Er will nicht aufhören. Mykyta hält sich die Ohren zu, hat den Kopf gesenkt, die Augen geschlossen. Er will die Situation nicht sehen. Das kleine Licht in dem Kellerraum beginnt zu flackern. Die Augen der fremden Frau sind weit aufgerissen. Alles platzt jetzt aus mir heraus und endet erst mit dem abschwellenden Lärm draußen, dort, wo gerade die Menschen auf der offenen Straße von der Wucht der Explosionen zerrissen werden.

Sekunden später, hinein in die Stille, bin ich leer, alles aus mir ist herausgebrochen, mein Kopf übernimmt langsam wieder die Herrschaft über den Körper. Ich bin völlig erschöpft, unglaublich müde in diesem Augenblick. Meine Lunge schreit nach Luft, wenn jetzt meine Atemwege verschlossen wären, würde ich besinnungslos werden. Sie sind frei und in mich hinein strömt in die völlig ausgepumpte Lunge Luft, bis sie sich maximal ausdehnen kann. Es ist wie der Taucher, der sich verschätzt hat und mit seinem Kopf die Wasseroberfläche durchstößt, um die Luft in den Körper hineinzureißen. Ich muss mich strecken, um der Lunge noch mehr Raum zu geben, und atme wieder aus, die Luft ist schon verbraucht und wieder atme ich ein. Langsam löst sich die Verkrampfung in meinem Körper, es ist, als ob wieder Ordnung entsteht, die Einzelteile wieder zueinanderfinden.

Ich schaue erst Mykyta, dann die fremde Frau an. Warte auf eine Reaktion von ihnen auf den Verlust meiner Beherrschung. Es ist mir peinlich. Nichts, keine Reaktion von ihnen. Wir leben in einer Zeit, in der die Angst als greifbare Figur neben jedem von uns mitläuft. Mal sind wir ruhig, mal ergreift die Angst das Zepter. Es ist nicht ungewöhnlich. Keiner scheint es zu registrieren, denn neben jedem läuft die Angst. Jeder versucht sie loszuwerden, sie wegzuschicken, aber sie ist mit jedem durch ein Gummiband verbunden. Sie verfolgt uns, raubt den Schlaf, drängt sich in den Vordergrund, will die Macht übernehmen, steuert den Kopf, die Sinne, indem wir immer wieder hektisch und panisch um uns herumsehen, ob nicht doch irgendwo eine weitere Gefahr lauert. Und der Mann aus Russland füttert sie, ermutigt sie, sich immer breiter zu machen. Wir haben mehrere Fronten, an denen wir kämpfen müssen, tagtäglich. Gegen den Mann und gegen unsere eigene Angst, die der Mann als Verbündeten auf seiner Seite weiß und die mit uns über das Band verbunden ist. Der Feind schläft im eigenen Bett.

Dann wird es still. Es ist vorbei. Eine gefühlte Ewigkeit bleiben Mykyta und ich völlig verängstigt in der Ecke sitzen, während die Frau zur Türe geht und nachschaut, was passiert ist. Es dauert, bis sie zurückkommt.

„Alles klar?", fragt die fremde Frau.

Ich nicke. Sie hat es zumindest wahrgenommen, auch wenn sie in ihrer eigenen Angst mir nicht helfen konnte. Mykyta schaut mich nicht einmal an. Er ist noch in seiner Angst, sie hält ihn komplett fest. Wen wundert's, er hat auch direktere Erlebnisse gehabt als ich. Bisher hatte ich Glück, wie lange wohl noch? Ich lege meinen Arm um ihn. Er zuckt kurz, als ob mein Arm ihn wieder anschaltet.

„Seht zu, dass ihr jetzt nach Hause kommt. Sonst machen sich eure Eltern noch Sorgen. Ich hoffe, die wohnen hier nicht in der Straße."

„Nein, nein, wir wohnen hinter dem Park."

„Gut, dann los."

Wir krabbeln aus unserer Ecke und gehen schweigend durch die Kellerräume zum Treppenaufgang an der Straße vor dem Haus. Unsere Körper fühlen sich an, als ob wir einen Marathon gelaufen sind. Alles ist steif und erschöpft.

Etwas weiter die Straße runter stehen vier lichterloh brennende Panzer. Feuerwehrsirenen kündigen die Löschfahrzeuge an. Auf der Straße bei den Panzern liegen tote Soldaten und Zivilisten, die sich nicht mehr retten konnten. Überall liegen Trümmer der explodierten Fahrzeuge. Alles ist voller Rauch, die Häuser sind durch die explodierenden Panzer schwer beschädigt und brennen teilweise. Mykyta und ich sind fassungslos.

„Los, wir müssen hier weg."

Ich bin noch starr. Mykyta ist da jetzt etwas weiter als ich. Er zieht an meinem Ärmel und ich stolpere ihm hinterher. Wir haben es eilig und deshalb trennen sich unsere Wege schon am Park. Keiner hat Lust, den anderen noch nach Hause zu bringen. Wir wollen nur noch heim. Selbst die Zeit zur Verabschiedung fehlt.

Auto

Ich bin auf dem Weg zur Schule. Ein normaler Morgen, wenn man in Kriegszeiten davon sprechen kann. Normal ist nichts. Niemand weiß, wann und wo die nächste Granate, die nächste Rakete einschlagen wird. Die Vorwarnzeit ist gering. Ja, sie kündigen sich an, durch immer wieder den gleichen Klang, aber das sind Sekunden, mehr nicht. Erst hört man ein Pfeifen, dann den Einschlag. Ablauflänge ungefähr zwei Sekunden. Höchstens!

Zwei Sekunden, um sich und sein Leben zu schützen.

Zwei Sekunden, um die Familie zu schützen.

Zwei Sekunden, um Abschied zu nehmen.

Zwei Sekunden, um sein Leben zu reflektieren.

Zwei Sekunden sind zu wenig, um wieder nach Hause zu gehen.

Viel Zeit ist das nicht. Drohnen werden von der Luftverteidigung angekündigt. Dann müssen wir schnell in den Keller oder in den Bunker, soweit es einen in der Nähe gibt. Gibt es den nicht, ab hinter die nächste Mauer, flach hinlegen, Gesicht nach unten, Hände in den Nacken. Auch wenn es regnet und alles nass ist, auch wenn genau an diese Stelle ein Hund geschissen hat oder ein Betrunkener gekotzt hat und auch wenn dort Glasscherben liegen. Bin ich noch im Haus, müssen zwei Wände zwischen mir und der Außenwelt liegen, also meistens der Flur oder das Treppenhaus. Das ist das, was wir in der Schule lernen, täglich üben, damit wir eine Chance haben, groß zu werden. Und wir vielleicht irgendwann auch die Rakete abschießen auf andere, die jetzt auch noch Kinder sind. Was für einen Schwachsinn sich Erwachsene ausdenken können.

Aber das ist heute kein Thema. Keine Luftverteidigung, deren Sirenen Drohnen ankündigen. Kein Pfeifen, kein Knall, alles ruhig und ich auf dem Weg zur Schule. Und trotzdem scannt man seinen Weg. Wo ist die Mauer? Ist es dort sauber? Steht irgendwo das Schild für den Bunker? Ist die Tür eines Hauseinganges geöffnet? Eher unbewusst läuft diese Aufgabe immer im Hinterkopf ab. Wir sind angespannt, permanent, den ganzen Tag. Manchmal merkt man das abends im Bett. Es ist wie ein Ganzkörpermuskelkater oder wie eine Grippe, die man im Körper sitzen hat.

Deshalb habe ich mich auch so schnell umgedreht, als ich hinter mir ein Auto hörte an diesem Morgen. Autos in einer Stadt sind echt keine Seltenheit, aber wenn das Auto mit quietschenden Rädern hinter dir um eine Ecke schießt, drehst du dich um. Es kann ja auch ein Fahrzeug des Mannes aus Russland sein. Weiß man das? Ich drehe mich um und mache instinktiv einen Schritt näher zur Hauswand hin, weg von der Bordsteinkante, als er im hohen Tempo an mir vorbeirast. Ich sehe kurz sein Gesicht. Starr nach vorne gerichtet, mich nicht beachtend, die Augen leer. Eine Jacke der Territorialverteidigung hat er an, wie viele Soldaten zurzeit. Er wird immer schneller, keine Ahnung, was er vorhat. Er scheint es eilig zu haben. Ich schaue hinter ihm her, dann an ihm vorbei in Fahrtrichtung. Ich will erahnen, wohin er fährt. Am Ende der Straße ist eine Linkskurve. Zwar habe ich keinen Führerschein, aber ich weiß, dass er bald bremsen muss, denn sonst schafft er die Kurve nicht. In der Kurve steht geradeaus eine dicke, alte Eiche. Der Soldat wird immer schneller. Mittlerweile steht neben mir eine Frau am Straßenrand. Wir schauen beide dem Fahrer hinterher.

„Das schafft der nicht."

Ich schweige und beobachte. Dann der Einschlag. Das Auto des Soldaten schlägt mit voller Wucht in den Baum ein und wird in Bruchteilen einer Sekunde zu einem Haufen undefinierbaren Metalls abgestoppt. Teile des Autos fliegen am Baum vorbei und landen hinter ihm auf dem Gehweg. Zuvor kein Bremsen, keine quietschenden Reifen, kein Ausweichversuch. Es knallt, Schluss, aus, Ende, ein wenig Rauch steigt aus dem ehemaligen Motor. Stille.

„Oh mein Gott."

Die Frau neben mir löst sich aus ihrer Anspannung und rennt zum

Wrack. Ich hinterher. Es ist wie ein Reflex. Man muss sofort dahin. Es ist wie ein Gummiband, an dem ich hänge. Helfen kann ich in meinem Alter sicherlich nicht, trotzdem muss ich hin. Das geht mir aber gar nicht durch den Kopf.

„Du bleibst da weg", herrscht sie mich im Laufen an.

Ich laufe aus. Sie läuft weiter. Erreicht das Auto auf der Fahrerseite und beendet jegliche Aktivitäten. Sie schaut zu mir hin, nimmt dabei das Telefon aus ihrer Tasche und ruft irgendeine Nummer an. Dann kommt sie wieder zu mir.

„Das schaust du dir nicht an. Geh nach Hause."

„Ich muss zur Schule."

„Geh nach Hause. Meinst du wirklich, dass du dich noch konzentrieren kannst heute Vormittag? Erzähl es deinen Eltern."

„Ich habe nur noch Mama, Oma und Opa."

„Das tut mir leid. Geh jetzt."

Ich drehe um und gehe zurück. Zu Hause öffnet Oma mir die Tür.

„Was ist?"

„Da ist gerade ein Mann in einen Baum gefahren."

„Hast du dich verletzt?"

„Nein."

„Komm rein, ich mach dir einen Kakao. Dann erzählst du mir alles."

Oma hört sich in der Küche alles in Ruhe an. Ich verstehe es nicht.

„Warum hat der Mann das getan?"

„Menschen erleben Dinge im Krieg, mit denen sie nicht klarkommen. Manchmal sind die Geschichten so schlimm, dass man Gedanken im Kopf hat, die einem keine Ruhe mehr lassen. Nicht jeder hat Hilfe und kann zum Arzt gehen. Den Kopf kann man nicht einfach abschalten. Die einen fangen an zu trinken, die anderen nehmen irgendwelche Medikamente und die Dritten wollen den Kopf ganz abschalten, damit sie Ruhe bekommen. Manche gehen dann in den Tod. So wie du das heute Morgen erlebt hast. So schlimm das gerade alles war. Er hat jetzt seine Ruhe."

„Hat Mama auch keine Ruhe im Kopf?"

„Ja, Mama hat auch keine Ruhe, deshalb hat sie sich verändert und ist so still geworden."

„Stirbt Mama jetzt?"

„Willst du noch eine Tasse Kakao?"

Oma stellt mir die Tasse mit dem dampfenden Kakao hin, legt ihre Hand auf meine Schulter. Wir schauen uns an. Ich trinke, Oma bereitet das Mittagessen vor. Schweigen.

Tauben 2

Wieder ein Raketenangriff. Sie schlägt in einer Allee ein. Äste platzen auseinander, Bäume brennen, Menschen sterben. Beindicke Äste liegen überall herum neben echten Beinen. Zwei Bäume wurden gefällt durch die Wucht der Explosion. Dazwischen Tauben. Der Schwarm hatte sich kurz vorher in den Baumkronen niedergelassen. Und auch wenn man den Tieren einen siebten Sinn nachsagt, waren sie überrascht. Keines von ihnen hat damit gerechnet. Es war im genetischen Material einfach noch nicht vorgesehen, dass auch Raketen eine Gefahr sein können.

Ein Großteil des Schwarms ist sofort tot. Federn, Flügel, Köpfe und Füße liegen verstreut zwischen den Ästen, Blättern und Holzsplittern. Teilweise rauchen die Tiere noch.

Ein anderer Teil ist nur verletzt, humpelt, flattert, ohne fliegen zu können. Gebrochene Knochen haben viele. Andere sind so schwer verletzt, dass sie sich nur noch im Kreis am Boden drehen. Zwei Menschen sind ebenfalls und augenblicklich tot.

Nachdem der erste Rauch abgezogen ist und die Stille sich wieder ausbreitet, kommen aus der Umgebung Menschen, um zu schauen, was zu tun ist. Die einen telefonieren die Ambulanz herbei, die anderen beginnen die Äste und Trümmer beiseitezuräumen, damit die Verletzten geborgen werden können. Alle schweigen, kein Kreischen, kein Jammern, kein Fluchen. Aufräumen gehört mittlerweile zum Alltag des Krieges. Keiner beschwert sich. Aus einer Seitenstraße humpelt ein alter Mann an einer Gehhilfe herbei. Legt immer wieder seinen Stock auf den Boden, hebt eine Taube vom Boden hoch, begutachtet sie und wenn sie tot, aber halbwegs ganz ist, steckt er sie in eine Tüte. Anderen Tauben, die noch gegen den Tod ankämpfen, dreht er den Kopf um und nimmt sie dann auch mit. Dabei weint er leise.

Seeadler

Fünfhundert Kilometer weiter südlich bei Odessa am Schwarzen Meer lebt ein Seeadlerpaar in einem Feuchtgebiet. Sein Horst wiegt schwer in dem stattlichen Baum. Täglich fliegen sie in diesem Sommer ihr Revier ab, um Futter für die Jungen zu suchen. Mal fliegen sie über das angrenzende Feuchtgebiet, manchmal über das Meer, manchmal suchen sie die Felder und Wiesen am Rande der Hafenstadt ab. Immer auf der Suche nach Beute für ihre Jungen.

In diesem Sommer finden sie viel Futter in Form von Aas. Dies macht die Ernährung der beiden Jungvögel im Nest einfacher. Die Altvögel orientieren sich danach, wo Rauch aufsteigt. Meist gibt es dort Fleisch, was sie vor den Füchsen und Krähen einsammeln können, wenn sie schneller sind. Russische Kleidungsreste liegen neben ukrainischen im und unter dem Horst. Von wem das Futter gespendet wird, ist für die Jungen unerheblich.

An einem sonnigen Tag sind sie wieder auf der Suche. Heute steht das Land auf ihrem Suchradius. Sie steigen vom Nest an der Küste auf und segeln Richtung Norden. Nötig sind nur wenige Kilometer. Dort gibt es eine große offene Fläche, die leicht abzusuchen ist.

Er hat bald die ersten Nahrungsreste an einem zerstörten Panzer gefunden. Der Arm ist frisch abgetrennt, das Blut tropft noch aus der Wunde. Langsam gleitet er zum rauchenden Wrack, landet kurz, sichert, greift nach dem Arm und steigt wieder auf. Die Jungen sind hungrig, er muss bald zurück. Er gewinnt Höhe, unter ihm surrt es. Er kreist, schaut, weiß nicht, was das ist, was dort in seinem Flugraum bewegungslos hängt. Er kreist ein zweites Mal. Sein genetisches Programm sagt ihm: Vorsicht, kenne ich nicht. Dieses Etwas ist nicht abgespeichert. Irgendetwas zischt an ihm vorbei. Zu schnell, um es zu erkennen. Wieder zischt es, wieder und wieder. Das Ding unter ihm surrt auf einmal ungleichmäßig und stürzt ab. Er wundert sich kurz, dann wieder dieses Zischen, das er nicht kennt. Dann ein Schlag. Irgendwas hat ihn getroffen und raubt ihm die Sinne. Im

Sturz entgleitet ihm sein Bewusstsein. Schmerzen fühlt er nicht. Er verliert sich und seine Beute, bis beides auf dem Boden aufschlägt.

Währenddessen ist das Weibchen erfolgreicher. Weniger neugierig hatte sie sich auf den Heimweg gemacht und die Beute ihren Kindern gebracht.

In den kommenden Tagen wird sie ihren Job allein machen müssen. Die Jungen bekommen aber nur die Hälfte von dem, was notwendig gewesen wäre. Anstatt zu wachsen, werden sie dünner und dünner. Nach drei Tagen Regen werden sie ausgemergelt erfrieren. Kollateralschaden eines Krieges, an dem sie nicht beteiligt sind!

Stille

Nach dem Lärm der Explosionen, den Schreien der Verletzten, dem Einstürzen von Gebäuden kommt die Stille. Die Augenblicke, in denen es keine Töne gibt, meist dann, wenn der Rauch abgezogen ist und kurz bevor die Menschen mit den Aufräumarbeiten beginnen. Dann ist Schweigen, keiner spricht, jeder arbeitet still vor sich hin. Die Menschen sprechen nicht über das, was sie bewegt. Sie sagen zwar immer: Das Leben muss weitergehen, aber was sie denken, was sie fühlen, bleibt in ihnen verschlossen. Vielleicht graben die Gefühle die Generationen nach ihnen wieder aus.

Dann, wenn sie mit einer Situation konfrontiert werden und sie so reagieren, wie sie es nicht kennen.

Dann stoßen sie auf Erlebnisse ihrer Groß- oder Urgroßeltern.

Dann, vielleicht hundert Jahre später, werden sie die Gefühle ausgraben, die ihre Vorfahren tief in sich vergraben haben. Sie mussten es, um zu überleben. Ihre Kinder, Enkel und Urenkel bekommen verspätet die Aufgabe, es aufzuarbeiten. Ein Rucksack, der unbewusst von Generation zu Generation weitergegeben wird. Keiner fragt danach, wenn er den Rucksack bekommt. Es ist wie der Staub an der Hose. Wir nehmen ihn mit, weil wir es nicht bemerken. Wir wollen ihn nicht haben und doch ist er da.

Ich schaue hoch an einem zerbombten Hochhaus. Die Wand fehlt und der Raum, bisher privat, ist sichtbar. Die Küche mit ihrer Gardine liegt offen, wie ein aufgeschnittener Leib. Das Hochhaus in der Pathologie. Die Gardine weht im Wind. Immer wieder wölbt sie sich nach außen, als ob es das Segel eines Schiffes ist, welches davonsegeln möchte. Auch dort Stille, tonlose Bewegungen im Wind, der ungehindert in das Zimmer strömen kann. Alles will davonsegeln, weg von diesem Ort, der kein Ort mehr ist.

Orte, wo gestorben wird, sind keine zum Leben.

Orte des Todes sind stille Orte, dort, wo die Sprache der Menschen verschwindet, weil es hier keine Sprache braucht.

Mama

Meine Mama ist ein Schatten ihrer selbst. Dem Krieg, dem Tod von Papa, dem Verlust unserer Wohnung, den täglichen Angriffen hat sie nichts entgegenzusetzen. Sie ist ausgezehrt, der Körper verweigert die Nahrung, ihr Kopf streikt, lässt keine Gedanken zu, die in die Zukunft gerichtet sind. Sie ist erstarrt, gelähmt, eine Salzsäule, unbeweglich. Sie ist nicht mehr in der Lage, den nächsten Schritt zu machen. Die Hilfe, die sie von Oma und Opa bekommt, reicht nur aus, sie am Leben zu halten. Allein wäre ich vielleicht verloren. Oma sagte mal, dass man diese Menschen nur dadurch aus ihrer Starre bekommt, dass sie einen Schock bekommen. So als ob sie sich furchtbar erschrecken würden. Damit könnte man sie aufrütteln.

Habe ich versucht heute Morgen. Ich habe mich nach dem Aufstehen im Badezimmer hinter dem Duschvorhang versteckt. Als Mama dann reinkam und mit dem Zähneputzen begonnen hat, habe ich den Duschvorhang zur Seite gerissen und gefaucht wie ein Tiger. Mama hat kurz geschaut und dann ihre Zähne weiter geputzt. Hä? Nichts ist passiert.

„Oma?"

„Ja, mein Junge."

„Ich habe versucht Mama zu erschrecken."

„Ich habe es gehört."

„Hat nicht funktioniert."

Oma nimmt mich in den Arm.

„Deine Idee war nicht schlecht. Aber diese Art von Erschrecken habe ich nicht gemeint, als ich es dir versucht habe zu erklären. Menschen müssen durch ein Ereignis aufgerüttelt, quasi durchgeschüttelt werden. Manchmal, nicht immer, hilft das. Um es einfacher zu sagen: Es muss eine Katastrophe passieren, alles andere wäre wahrscheinlich zu wenig. Dann gibt es zwei Möglichkeiten. Entweder die Betreffenden werden wieder wach oder sie sterben. Das ist das Risiko, das wir eingehen müssen."

Wir hatten doch genug Katastrophen. Was muss denn noch passieren?

Zukunft

„Was willst du eigentlich mal machen, wenn du groß bist?"
Mykyta und ich sitzen im Park auf einer Bank. Es ist kalt,
der Himmel ist wolkenverhangen. Die Tauben unserer Straße kreisen über dem Park, als ob sie warten würden, dass wir was auf den
Boden streuen.

„Das hast du mich schon mal gefragt."

„Ich weiß, sag mal."

„Der Mann aus Russland hat mir mein Bein abgeschnitten. Wenn ich
groß bin, will ich ihm auch sein Bein abschneiden."

„Echt jetzt? Das hast du die letzten Tage, als wir im Krankenhaus
waren, auch schon gesagt. Da warst du wütend. Bist du immer noch
wütend?"

„Ja, und das wird sich auch nicht ändern. Ich bin immer noch wütend. Papa ist Soldat und ich will auch Soldat werden."

„Und du?"

„Fotograf."

„Warum?"

„Unser Fotoprojekt hat mir Spaß gemacht. Außerdem will ich nicht
Soldat werden. Ich möchte was zeigen."

„Verstehe ich nicht."

„Meine Mama ist doch so still geworden. Es gab aber auch mal eine
andere Zeit. Da war sie lustig. Heute ist sie nicht mehr witzig. Das
sind verschiedene Zeiten und unterschiedliche Bilder. Das will ich
zeigen. Vielleicht gehe ich zu einer Zeitung und werde Reporter."

„Dann kannst du mich mit einem Gewehr fotografieren."

„Und dem fehlenden Bein?!"

„Ja, auch damit."

„Meinst du, die nehmen dich später noch in der Armee auf?"

„Ja, bestimmt. Es gibt auch Aufgaben, wo ich nicht so viel laufen
muss. Guck dir Artem an. Der hat keine Beine mehr und will Droh-
nenpilot werden. Das kann ich auch. Dann sitze ich immer schön

trocken und warm und kann nebenbei Schokolade essen."
Türen führen irgendwohin. Sind sie verschlossen, ist dahinter die Heimlichkeit, die die Neugierde weckt. Die Zukunft ist eine Tür. Es gibt auch andere Türen. Bücher beispielsweise sind Türen in die Vergangenheit oder in die Zukunft und in andere Realitäten hinein. Kameras sind ebenfalls Türen. Durch sie können Menschen sprechen. Heute gibt es den Krieg der Bilder. Bilder können Zustände verdeutlichen, sie können aber auch lügen. Wir nutzen sie, um Aussagen zu treffen, damit wir unsere Ideen durchsetzen können. Früher waren Bilder Abbilder der Realität. Heute wissen wir nicht einmal mehr, ob es überhaupt ein Bild ist oder nur die Komposition eines Computers. Die künstliche Intelligenz gaukelt uns eine Realität vor, die es so nicht gibt. Hoffentlich überholt uns nicht die künstliche Intelligenz, sondern bleibt nur auf der Ebene eines Hilfsarbeiters, der uns zuarbeitet. Die Wahrheit zu finden, wird immer schwieriger.

Oma

Wir haben zu Abend gegessen. Oma ist in der Küche und wäscht das Geschirr ab und summt vor sich hin, wie sie es immer wieder in der Küche tut. Opa will noch nach den Hühnern schauen, ihnen eine gute Nacht wünschen. Er nimmt dann jedes Huhn kurz auf den Arm, streichelt ihm über den Kopf und setzt es dann auf seinen Platz auf der Stange. Mama ist im Wohnzimmer und ich mache mich fertig, um ins Bett zu gehen. Zähneputzen, waschen, die Tasche für die Schule packen. Morgen ist wieder Schule. Die Sirenen starten ihre allabendliche Warnung. Nichts Neues, nichts Ungewöhnliches. Wir nehmen es wahr, aber wirklich reagieren wir nicht. Die Wahrscheinlichkeit eines Treffers ist nicht so hoch. Dann doch lieber dem täglichen Trott folgen. Meistens rennt man doch nur in den Keller, um dann ein paar Stunden später wieder aus ihm herauszukommen und nichts war passiert. Die liegengebliebene Arbeit müssen wir dann aber immer noch machen. Mittlerweile betrachten wir die Zeit im Keller als vertane Zeit, die wir besser nutzen könnten. Dabei sollten wir es besser wissen. Ist der Selbstschutz nicht wichtiger? Der Mensch wird nachlässig, wenn er zu oft gewarnt wird und jedes Mal nichts passiert. Es ist wie das Kind im Freibad, das aus Spaß um Hilfe ruft. Ein paar Mal schaut man nach dem Kind, auch wenn es Spaß ist. Die Aufmerksamkeit nimmt von Ruf zu Ruf ab. Ist das Kind dann tatsächlich in Not, reagiert keiner mehr. Am Ende liegt dann ein Körper am Grunde des Bades. Es fällt erst auf, wenn die Badeanstalt schließt.

Wir hören die Flugabwehr über Fastiw, wir hören Explosionen. So weit nichts Neues, außer einem allabendlichen Spektakel am Himmel, wenn die Flugabwehr die Raketen und Drohnen abschießt und diese hoch in der Luft explodieren.

„Sollen sie doch kommen, diese Schweine. Wir holen sie alle vom Himmel", schimpft Opa, als er wieder im Haus ist.

In der Nähe ist die Explosion einer abgeschossenen Drohne zu hören.

Opa lacht dunkel. Oma schaut etwas ängstlich. Keine Reaktion von Mama. Ein Augenblick des Stillstandes, als ob jemand den laufenden Film anhalten würde. Alle schauen hoch. Stille, wieder einmal. Dann eine Explosion, ganz nahe und ein Feuerschein. Die Trümmer der Drohne sind im Garten des Nachbarn eingeschlagen und detonieren dort. Eine Fensterscheibe splittert, die Hühner fallen augenblicklich tot um. Rauch zieht durch die Wohnung, der Holzschuppen von Opa brennt.

Als Erstes erwacht Opa aus seiner Starre.

„Scheiße, der Holzschuppen. Wir brauchen Wasser."

Er rennt in den Garten, um den Wassereimer zu holen. Den vorhandenen Inhalt schüttet er schon beim Vorbeilaufen ins Feuer, aber das reicht nicht. Er eilt zurück zur Küche. Auf dem Weg dorthin ruft er nach Oma, dass sie den Wasserhahn aufdreht und Schüsseln bereitstellt. Mama sitzt mit aufgerissenen Augen im Sessel, überall liegen Glassplitter. Sie blutet an der Stirn. Ein Glassplitter hat sie getroffen. Mir ist die Zahnbürste aus der Hand gefallen. Ich weiß nicht, was ich tun soll.

„Hol Eimer, Danylo, schnell", ruft mir Opa zu, als er mich sieht.

Er stürzt in die Küche. Ich höre, wie der Eimer, den Opa noch in den Händen hielt, zu Boden fällt. Es folgt kein Wasserrauschen des Wasserhahnes.

„Schatz?", schreit Opa.

Oma liegt am Boden der Küche. Eine große Glasscherbe steckt in ihrem Oberschenkel. Das Blut läuft in Strömen aus ihrem Bein. Sie ist kreidebleich und sie sagt starr vor Schrecken keinen Ton. Draußen brennt der Schuppen. Die Nachbarn haben begonnen zu löschen. Vor dem Schuppen liegen die toten Hühner. Wieder einmal. Der Hahn atmet schwer aus.

Opa ruft nach Mama. Das ist der Augenblick, in dem Mama endlich aufwacht. Die Decke, in die sie sich eingewickelt hat, fliegt zur Seite und damit auch die Glassplitter auf ihr, die sich im Wohnzimmer verteilen. Sie stürzt in die Küche, sieht, was passiert ist, reißt ein Handtuch vom Haken an der Tür und wirft es Opa zu.

„Drück das Handtuch fest auf die Wunde, sonst verblutet sie", ruft sie Opa zu.

Gleichzeitig zieht sie das Handy aus ihrer Tasche und tippt die Nummer des Krankenhauses ein, während Opa die Wunde auf Omas Bein zudrückt. Mamas Gegenüber antwortet nach dem ersten Klingelton. Sie beschreibt kurz, was vorgefallen ist, und legt dann wieder auf.

„Sie kommen. Danylo, bring mir noch mehr Handtücher aus der Abstellkammer, schnell."

Mama scheint die Situation unter Kontrolle zu haben. Wenige Minuten später sind die Sanitäter vor Ort und nehmen Oma mit.

„Ich fahre mit. Opa kümmert sich um dich."

Mit diesen Worten steigt Mama mit in den Krankenwagen und ist weg. Opa und ich müssen erst einmal durchschnaufen. Draußen brennt noch der Schuppen. Das meiste Feuer ist aber bereits gelöscht. Opa wäscht sich seine blutverschmierten Hände in der Spüle. Ich lege die geholten Handtücher auf den Boden, damit sie das Blut von Oma aufsaugen. Mir wird übel.

„Du siehst blass aus."

„Mir ist schlecht."

„Setz dich und trink was."

Opa stellt mir ein Glas Wasser auf den Tisch und wir setzen uns hin.

„Scheiße, jetzt hat es uns schon wieder erwischt. Langsam reicht es auch mal. Ich geh mal eben in den Garten und schau, was da alles passiert ist."

Damit verschwindet Opa in den Garten und lässt mich am Tisch allein zurück. Er steht beim Schuppen und unterhält sich mit den Nachbarn, die noch die Reste des Feuers löschen. Ich sehe, wie er erzählt, was bei uns passiert ist. Die Nachbarn nicken nur und löschen weiter. Sie verstehen, warum er nicht helfen konnte.

Mein Körper beginnt zu zittern. Meine Anspannung weicht und der Körper muss es abarbeiten. Also sammle ich die blutverschmierten Handtücher zusammen und lege sie in die Spüle. Dann trinke ich mein Glas Wasser leer und schaue durch die zerbrochene Scheibe nach draußen. Jetzt erst merke ich, wie die kalte Luft hineinströmt. Ein paar Minuten später ist Opa zurück.

„Die Hühner sind schon wieder tot und der Schuppen ist zur Hälfte abgebrannt. Das Holz wird für den Winter nicht mehr reichen. Wie wir das Problem lösen, überlegen wir morgen. Jetzt müssen wir erst einmal die Scheibe verschließen, damit wir hier wieder heizen können. Hilfst du mir?"

Im Keller steht noch ein alter Tisch. Opa nimmt die Tischbeine ab und will mit der Platte die Scheibe verschließen. Zumindest wäre dann die Öffnung provisorisch abgedichtet und die Wärme bleibt besser, wenn auch nicht perfekt, im Haus. Ich helfe, so gut ich kann, und hole dann die toten Hühner. Herzinfarkt denke ich, weil sie nicht beschädigt sind.

„Die sind schon ziemlich schreckhaft und halten nichts aus", denke ich.

Die Hühner kommen in die Küche. Mama kann die bestimmt fertig machen, wenn sie aus dem Krankenhaus zurück ist. Dann wische ich schon mal, so gut es geht, das Blut von Oma weg, während mir wieder schlecht wird. Arzt werde ich nicht. Der Geruch von warmem Blut ist nichts für mich. Die blutdurchtränkten Verbände im Krankenhaus konnte ich schon nicht gut sehen. Was es ist, ob es der Geruch oder die Farbe ist, kann ich nicht sagen. Ich merke nur, wenn ich es irgendwo sehe, schwindet es mir aus dem Kopf.

Mama ist ein paar Stunden später wieder zurück. Oma muss für ein paar Tage im Krankenhaus bleiben, weil die Glasscherbe einiges in ihrem Bein durchschnitten hat, was die Ärzte nähen mussten. Ihr geht es aber wieder ganz gut. Opa hat mittlerweile die kaputte Scheibe mit der Tischplatte verschlossen, die Hühner liegen in der Küche, der Boden ist gewischt. Mama macht sich im Wohnzimmer zu schaffen, um die Glasscherben einzusammeln.

Gegen Mitternacht sind wir fertig und erschöpft.

„Wir müssen mal überlegen, ob wir Fastiw nicht verlassen wollen."

Ich schaue Mama an.

„Und meine Schule und Mykyta?"

„Das ist nur eine Überlegung, Danylo. Unsere Wohnung ist nicht mehr bewohnbar. Das Haus von Oma und Opa ist auch beschädigt. Der Winter ist noch nicht in voller Härte hier und das Holz, das Opa für uns eingelagert hat, wird jetzt kaum noch reichen. Oma wird einige Wochen nicht helfen können. Die Angriffe werden mehr. Du erinnerst dich an den Angriff auf die Panzer in der Stadt, als du mit Mykyta unterwegs warst, die Schmetterlingsbomben und wir sind jetzt schon zweimal direkt betroffen gewesen. Wir müssen überlegen, ob wir das Risiko weiter eingehen."

„Wir entscheiden heute nichts mehr", wirft Opa ein.

„Lasst uns ein paar Stunden schlafen und morgen bei Licht schauen wir noch mal."

Damit gehe ich wieder ins Badezimmer, hebe meine Zahnbürste auf, die mir vorhin auf den Boden gefallen ist und putze mir die Zähne zu Ende, als ob dazwischen nichts passiert wäre. Danach ziehe ich mir endlich den Schlafanzug an und krieche in mein Bett. Feierabend.

Wieder wach

Mama ist wieder da. Also das war sie schon die ganze Zeit, aber nur körperlich, jetzt ist sie wie ausgewechselt. In den letzten Wochen und Monaten saß sie meist apathisch in ihrem Sessel. Nun aber wirbelt sie durch die Wohnung und hat seit dem gestrigen Abend das Regiment von Oma übernommen. Ich freue mich, dass sie wieder meine Mama von früher ist. Oma hatte Recht, als sie sagte, dass manchmal nur der Schock hilft, jemanden aufzuwecken. Schlimm, dass der Schock Oma sein musste. Damit habe ich nicht gerechnet und es macht mich traurig. Das habe ich nicht gewollt.

Heute waren wir bei Oma, die schon wieder im Krankenhausbett sitzt und Späßchen macht. Das Bein ist allerdings nicht gut. Die Glasscherbe hat einige Sehnen, Muskeln und Blutgefäße durchtrennt, so dass sie das Bein nicht belasten kann. Eine Zeit lang wird sie auf den Rollstuhl angewiesen sein.

Der Preis ist hoch, vielleicht zu hoch. Jetzt sitzen Opa, Mama und ich an ihrem Bett im Krankenhaus.

„Was wollen wir jetzt machen?"

„Was meinst du?", fragt Oma und schaut dabei Mama an.

„Hier wird es zu gefährlich. Wir sollten überlegen, ob wir nicht Richtung Westen gehen. Weiter weg von Kiew, damit unser Risiko geringer wird. Jetzt sind wir zweimal getroffen worden. Bis auf deine Verletzung hatten wir Glück, außer dass unsere Wohnungen entweder komplett zerstört wurden oder doch zumindest stark beschädigt."

„Der Schuppen ist halb abgebrannt. Das noch vorhandene Holz ist durch die Löscharbeiten nass und braucht Monate, bis es wieder für Feuerholz taugt. Für den Winter werden wir es nicht mehr nutzen können. Der Schuppen ist kaputt, wir können also nichts kurzfristig einlagern. Die Hühner sind tot, der Baum im Garten hat durch das Feuer des Schuppens auch gelitten, so dass wir im kommenden Jahr nichts werden ernten können. Und das Haus, habe ich heute

Morgen gesehen, hat am Dach auch ordentlich was abbekommen, außerdem ist eine Wand rissig. Da wird Wasser einsickern. Wir werden also frieren, weil wir das Haus nicht mehr dicht bekommen. Die Gas- und Stromversorgung in Fastiw ist nicht mehr sicher. Im letzten Winter haben die Russen schon gezielt die Infrastruktur angegriffen, damit wir nicht heizen können. Das werden sie in diesem Winter auch wieder machen. Du wirst in den kommenden Wochen ausfallen, da du das Bein nicht belasten kannst. Wir können so auch nicht schnell genug flüchten, wenn wir ein drittes Mal getroffen werden. Es wird also insgesamt eher schlimmer als besser", zählt Opa auf.

„Was wird mit Mykyta und meiner Schule und Frau Jeva?"

„Mykytas Eltern fragen wir, was sie vorhaben, eine Schule bekommen wir für dich auch in einem anderen Ort und Frau Jeva ist alt genug es selbst zu entscheiden. So wie ich sie kenne, wird sie aber nicht gehen wollen. Sie muss aber auch nur sich selbst versorgen."

Der Gedanke, aus Fastiw wegzugehen, fällt mir schwer, das merkt auch Opa.

„Weggehen heißt ja nicht, dass wir nicht wiederkommen. Vielleicht weichen wir dem Krieg einfach für ein paar Monate aus, bis er endlich vorüber ist. Ist dann Frieden, kommen wir wieder zurück. Dann machen wir wieder alles fertig und schön und leben hier weiter."

„Ich gehe heute Nachmittag mal zu Mykytas Mama und erkundige mich nach deren Plänen. Die sollten nach der schweren Verletzung von Mykyta auch die Nase voll haben."

Zwischenzeit

Opa sollte Recht behalten. Die Russen griffen in den kommenden Tagen vermehrt die Infrastruktur an. Die Gas- und Stromversorgung brach immer häufiger und immer länger zusammen. Dies führte zu vielen kalten Wohnungen und Kälte raubt einem die Kräfte. Oma, die das Glück hatte, noch im Krankenhaus zu sein, das mithilfe von Notstromaggregaten das Gebäude heizen konnte, fror weniger. Der Heilungsprozess ihres Beines schritt gut voran, so dass wir ihre Rückkehr für die kommende Woche einplanten. Wohl war uns aber nicht dabei, da die schwache Frau in die Kälte kommen würde. Opa hatte zwar noch etwas Holz auftreiben können, allerdings sollte dieser Vorrat nur für eine Woche reichen. Es musste also schnellstens eine Lösung her.

Mama hatte mit der Mutter von Mykyta gesprochen, die aber abwarten wollten, da ihr Mann noch an der Front war. Er würde allerdings in der kommenden Woche nach Hause kommen. Sie würden sich dann besprechen. So blieb uns nur warten.

Um mir die Zeit zu vertreiben und um mich zu bewegen, ging ich viel nach draußen. Der Sportunterricht war seit Wochen ausgefallen, denn die Turnhalle wurde für andere Dinge benötigt. Aktuell sammelten die Menschen aus Fastiw Kleidung, Nahrungsmittel und Medikamente, um damit ihre Männer an der Front zu versorgen. Es blieb also nur die eigene Bewegung.

Nachdem mein letzter Spaziergang mit den Panzern gründlich in die Hose gegangen war, wollte ich diesmal nach anderen Dingen suchen. Ich wollte wissen, ob die Werbeplakate immer noch dieselben wie vor dem Krieg waren. Hängt vorne an der Kreuzung noch das Werbeplakat für das Duschgel oder nicht?

Mykyta stimmte meiner Idee zu und wir gingen los. Für ihn gehörte der Spaziergang zum täglichen Training, damit er besser laufen lernte auf anderthalb Beinen. Der Grund für die Bewegung war ihm deshalb meistens egal.

Die bisherige Werbung war tatsächlich größtenteils verschwunden. Unser Präsident war häufig zu sehen und dann viele Plakate, um unseren Soldaten Mut zu machen, aber auch Beschimpfungen für die Russen oder es wurden Witze über sie gemacht. Anscheinend sollten sie, falls sie hier auftauchen würden, keinen freundlichen Empfang bekommen. Auch der Mann aus Russland wurde immer wieder gezeigt und irgendjemand hatte ihm ein Bärtchen unter die Nase gemalt. Ein Bärtchen, das aussieht wie ein kleines Quadrat. Dieses Bärtchen kannte ich aus dem Geschichtsunterricht. Die Deutschen hatten im Zweiten Weltkrieg auch einen, der sich ähnlich verhielt wie der Mann aus Russland. Am Ende ist er gestorben und der Krieg war zu Ende. Vielleicht haben wir Glück. Wir haben aber auch viele Plakate gesehen, auf denen Soldaten gesucht wurden.

„Siehst du?"

„Was soll ich sehen?"

„Sie suchen Soldaten."

„Du wirst elf!"

„Wäre ich mal schon älter, dann würde ich mich sofort melden."

„Besser nicht."

„Warum willst du nicht, dass ich Soldat werde?"

„Weil das auch schiefgehen kann."

„Mir passiert nichts."

„Klar, natürlich nicht. Dir fehlt bisher auch nur ein halbes Bein und du bist nicht mal Soldat! Außerdem musst du dein zweites Bein nicht auch noch verlieren."

Ich zeige auf ein Plakat, auf dem der Mann aus Russland zu sehen ist.

„Weiß der das auch?"

„Dem schneide ich als Erstes ein Bein ab, wenn ich den finde."

Mykyta und ich fotografierten alle Plakate mit unseren Handys. Was wir damit mal machen würden, wussten wir noch nicht. Es ging erst einmal ums Haben. Auf manchen Bildern haben wir uns dazugestellt. Auf anderen haben wir Selfies mit den Plakaten im Hintergrund geschossen.

Der Nachmittag ging vorbei. Wir hatten uns bewegt und uns warm gehalten. Alles war gut, aber auch wieder nicht.

Eine alte Frau am Straßenrand, mittlerweile krumm geworden an Jahren und von der täglichen Last, fegt den Bürgersteig. Ein monotones Scharren, um die Folgen des Krieges zu beseitigen, während irgendwo Raketen einschlagen und für neue Unordnung sorgen.

Schließungen

In den letzten Wochen war die Anzahl der Schüler meiner Klasse weiter geschrumpft. Viele Familien zogen weg. Ihnen wurde es zu gefährlich. Die meisten Männer waren vorne an der Front und die Mütter kümmerten sich allein um die Kinder. Es ging wahrscheinlich bei allen eher um das Überleben als um ein bloßes Kümmern. Der tägliche Kampf mit Alltäglichem in Kriegszeiten.

Jetzt, wo immer häufiger der Strom ausfiel und die Gasversorgung nicht mehr kontinuierlich funktionierte, war ein Punkt erreicht, wo Entscheidungen getroffen werden mussten. Die Lebensbedingungen wurden schlechter.

Die Mütter hatten zunehmend das Problem, keine warmen Mahlzeiten kochen zu können und die Wohnungen blieben kalt. Waren die Kinder groß, konnten sie mit Decken, Jacken und warmer Unterwäsche klarkommen. Bei kleinen Kindern und Babys wurde es dagegen schwieriger. Viele entschlossen sich deshalb zu gehen. Der Schülerbestand in der Schulklasse nahm schon seit Wochen kontinuierlich ab. Erst wurde meine Klasse mit einer anderen zusammengelegt, dann kam irgendwann ein Brief zu uns nach Hause. In ihm stand:

Wir bedauern Ihnen mitteilen zu müssen, dass wir die Schule ab dem kommenden Montag für den Unterricht schließen müssen. Der Schülerbestand ist unter eine bestimmte Größe gesunken und die Heizung fällt immer häufiger aus, so dass wir Ihre Kinder jetzt in den Wintermonaten während des Unterrichts nicht mehr in beheizten Klassenräumen unterrichten können. Wir hoffen, dass der Krieg bald enden wird. Ungeachtet der Schülerzahlen planen wir aber im kommenden Frühjahr bei steigenden Temperaturen den Unterricht wieder aufzunehmen. Eine Notbetreuung versuchen wir aber dauerhaft aufrechtzuerhalten. Bleiben Sie am Leben. Mit freundlichen Grüßen.

Der Krieg beschnitt überall unser tägliches Leben. Alles wurde weniger. Die Lebensbedingungen für die, die noch da waren, wurden immer schlechter. Die Schulschließung war nur ein weiterer Mosaikstein. Ging man durch die Straßen, war auch schon ein Großteil der Geschäfte geschlossen. Einige hatten einfach nur abgeschlossen und die Regale leergeräumt, so dass von außen zu sehen war, dass hier nichts mehr angeboten wurde. Andere hatten ihre Schaufenster mit großen Holzplatten vernagelt. Nur wenige versuchten dagegen anzukämpfen, wie zum Beispiel Frau Jeva. Dort waren Kristallisationsorte, wo sich Menschen trafen.

Auch darauf hatte der Mann aus Russland nur gewartet. Denn trafen sich Menschen an einem bestimmten Ort, war dies ein lohnendes Ziel, um viele gleichzeitig zu treffen. So hatte er vor ein paar Tagen ein Kino beschossen, in dem viele Menschen ums Leben kamen. Sie wollten nicht nur einen Film zur Ablenkung sehen, sondern sich auch für zwei Stunden aufwärmen.

Was sollte man machen? Einerseits wurde das Angebot immer dünner, andererseits war man froh, dass überhaupt noch jemand geöffnet hatte, auch wenn man beim Besuch dieses Ladenlokales immer auch um sein Leben bangen musste. Um dem aus dem Weg zu gehen, stellten die Menschen auf dezentralen Tauschhandel um. Dieser fand mal im Hinterhof statt oder irgendwo auf der Straße. Zettel hingen überall an den Eingangstüren, auf denen die Angebote standen. Wenn man sich für ein Angebot interessierte, klopfte man an die Türe und bot seine eigenen Sachen zum Tausch an. Die Polizei, die das in normalen Zeiten unterbinden musste, schaute weg. Was sollte sie auch anderes tun? Sie tauschten einfach mit. Der Vorteil war, dass niemals viele Menschen an einem Ort zusammenkamen. Diese Treffen waren damit für Angriffe uninteressant.

Wir hatten nur wenig zu tauschen. Die Wohnung von Mama und mir war kaputt. Das, was noch getaugt hatte, hatten wir in der Garage eingelagert. Oma und Opa waren mehr oder weniger Selbstversorger. Sie hatten also auch nichts abzugeben. Bisher hätten sie noch die Eier der Hühner gegen andere Sachen tauschen können. Aber die hatten ja ein schwaches Herz und waren auch schon zu Suppe verarbeitet worden. Eier gab es also auch nicht mehr.

Es wurde schwieriger. Man hatte den Eindruck, als ob einem die Luft genommen wurde. Die Angst bei den Erwachsenen um das Überleben nahm täglich zu, besonders die Sorge um ihre Kinder. Mittlerweile machten die Gerüchte die Runde, dass die Russen die Kinder zu Tausenden entführten, um sie in Russland zu Russen zu machen. Die Situation nahm groteske Züge an. Die Leichtigkeit ging verloren.

Es war wie auf einem gefrorenen See.

Eisschicht

Ein sonniger Tag. Klare Luft in eisiger Kälte vor meinem Gesicht. Nebel vor meinem Mund, wenn ich ausatme. Ich sehe meine eigene Luft, spiele mit ihr. Eine Selbstverständlichkeit des Lebens. Ein Spaziergang im Winter. Ausgelassenheit an einem kleinen See irgendwo im Wald. Die Eisfläche lockt. Unberührte Glattheit liegt vor mir. Der Spagat im Kopf bleibt. Hält das Eis? Ich schaue mich um. Werde ich beobachtet? Die Dummheit ist der Freund der Heimlichkeit.

Der erste angstvolle Schritt. Kein Knirschen, es hält. Die gefühlte Sicherheit nimmt zu, verdrängt die Angst, die reale Sicherheit hat Pause. Dann der nächste Schritt. Mut und Entfernung zum Ufer steigen an. Schlindern, rutschen, lachen, drehen. Ausgelassenheit auf offener Fläche. Das Leben ist schön.

Die Seemitte ist nah. Ein wenig Angst ist tief in mir noch vorhanden, nur wenig, aber dennoch irgendwo. Ich bin allein, genieße die Freiheit. Stehen bleiben, umschauen, schauen nach vorne. Leise knirscht das Eis. Plötzliche Sorgen fluten das Gehirn. Geht es schief, woran halte ich mich fest? Das Knirschen wird lauter, das Eis bekommt Risse, bricht.

Wie in Zeitlupe verliere ich den Halt, der Boden sackt ins Wasser. Ich springe als letzten Versuch zur nächsten Scholle, die ebenfalls sinkt. Ich versinke. Eiskaltes Wasser überströmt meine Schuhe, fasst meine Beine und zieht mich hinunter. Meine Kleidung saugt das kalte Nass auf. Eisiger Zement an meinem Körper. Der Schrei in meiner Kehle, längst vorbereitet in der Angstabteilung meines Körpers, wird zugedeckt mit Eiswasser.

Ich schließe die Augen, will sie schützen vor den Fluten, während ich sinke. Das Eis als Horizont auf Augenhöhe ist schon passiert. Ich blicke von unten gegen das Eis und bin fasziniert von Strukturen und Farben.

Es wird dunkler. Grünblaues Licht dominiert, Farben weichen zunehmend dem Schwarzweiß. Aus Konturen werden Schemen. Pixelige Bilder überwiegen.

Die Faszination für meine Umgebung weicht der Erkenntnis, dass ich hier falsch bin. Meine Muskeln werden steif, das Eiswasser zieht die Handbremse jeder einzelnen Faser. Ich schaue nach oben. Dort ist die Bruchstelle, mein Eintrittstor und mein Ausgang. Dort wird es weitergehen, hier ist nur die Sackgasse. Eiskalte Hände greifen nach meiner nackten Haut unter der Kleidung. Ich kann sie nicht abwehren, versuche sie abzustreifen.

Selten wird mir so deutlich, dass Leben in wenigen Metern Entfernung weitergeht, während es hier in wenigen Minuten enden wird. Es ist fast greifbar. Fantastisch.

Ich kämpfe gegen die Kälte, gegen die Atemnot, die meine Lunge zerreißen will. Wenige Muskeln, vielleicht liegen sie tiefer, reagieren noch, ich steige auf, erreiche die Bruchstelle im Eis, durchstoße mit dem Kopf die Wasseroberfläche und sauge die Luft ein. Atme, kalte, frische, unverbrauchte Luft, die meine Lungenflügel flutet. Ich spüre seine Kälte. Meine Hände und Arme liegen taub auf dem Eis. Mir fehlt der Griff, das Geländer, sie rutschen immer wieder ab. Ich strample, so gut es geht, um mich aus dem Wasser herauszuschieben. Ich müsste mich ziehen können. Nur wo? Niemand steht am Ufer. Mein Rufen bleibt ungehört, in der Luft ein Eichelhäher. Lacht er oder warnt er? Und wenn er warnt, wem bin ich noch eine Gefahr? Oder warnt er mich vor der Gefahr? Die sehe ich schon selbst.

Ich gleite ungewollt wieder ins Wasser, fülle noch mal schnell meine Lunge mit kalter Luft, bevor mein Kopf unter die Wasserlinie sinkt. Was für ein Irrsinn, als ob ich eine zweite Chance bekommen würde. Ich verlängere nur den Weg in die Dunkelheit. Ich hätte oben ausatmen sollen, dann würde ich das Leiden verkürzen. Aber ich hänge doch so am Leben. Das Wasser spüre ich nicht, die Haut schon taub. Mit gefüllter Lunge schließt sich über mir die Wasserfläche. Runde Wellen laufen an der Eiskante aus. Die Farben hier, wie eben, vertraut. Meine Muskeln unbeweglich, taub, Ballast, den ich nicht nutzen kann.

Eine Bewegung wird unmöglich, ich spüre, wie die Luft in den Lungen unbrauchbar wird. Mein Körper hat den Sauerstoff rausgezogen, wartet auf einen Austausch, der nicht kommen wird. Die zweite Chance bleibt aus. Jetzt sehe ich es.

Ich bin im Zeitlupenfall. Der Ausgang ins Leben entfernt sich, so wie der Sauerstoff in meinen Lungen. Ich blicke nach oben. Ausatmen ohne Einatmen. Das Licht wird schwächer, Panik steigt auf, ohne Auswirkungen auf die Situation. Keine Luft, keine Kraft, mein Auge bricht, Wasser füllt meine Lungen. Ich huste und sauge Wasser ein. Krämpfe schütteln mich. Es wird schwarz.

Das Wasser in der Bruchstelle im Eis beruhigt sich, wird von mir nicht weiter gestört. Die Kälte lässt es wieder erstarren. Übrig bleibt eine kleine Vertiefung. Der See hat sich seine Stille zurückgeholt, hat den Störenfried in sich begraben.

Familienreduktion

Oma ist mittlerweile wieder zu Hause und sitzt den ganzen Tag auf dem Sofa. Laufen kann sie nicht. Das Bein hat doch mehr abbekommen, als wir dachten. Die Wohnung ist nicht mehr wie gewohnt warm und heimelig.

Wir packen sie in Decken und Jacken ein, damit sie warm bleibt. Opa wird mürrisch. Auch für ihn zieht sich langsam die Schlinge zusammen und er macht sich Sorgen. Er ist der Mann im Haus. Er muss alle verteidigen vor den Gefahren da draußen und ist selbst schon reich an Jahren.

„Ich suche mir jetzt eine Pistole auf dem Schwarzmarkt."

„Wieso willst du eine Pistole haben?"

„Die Leute werden zunehmend aggressiver. Sie kämpfen alle ums Überleben. Jeder denkt nur noch an sich. Unser Haushalt besteht aus einer jungen Frau, einem Kind, einer Oma, die sich kaum bewegen kann, und mir alten Mann. Wir sind leichte Beute."

„Ich will nicht, dass du dir eine Pistole besorgst."

Mama kommt ins Wohnzimmer, wo Oma und Opa diskutieren.

„Wäre dann jetzt nicht der Zeitpunkt zu gehen?"

„Was ist mit Mykyta?"

„Sein Papa müsste eigentlich von der Front zurück sein. Ich frage noch mal nach."

Sprach's und zieht dabei ihr Handy aus der Tasche.

„Wieder kein Netz. Ich gehe mal eben rüber."

Eine Stunde später ist Mama wieder zurück.

Entschluss

Sie gehen auch."
„Mama hat mit der Mutter von Mykyta gesprochen. Ihr Mann wird sie bis zur Grenze im Westen fahren, muss dann aber umkehren. Eine Ausreise für Männer ist in Kriegszeiten nicht erlaubt. Die Grenzbeamten lassen Männer nur mit Genehmigungen durch oder wenn diese schwer verletzt sind. Andere Gründe gibt es nicht. Für das Land, welches angegriffen wird, eine logische Entscheidung. Fehlen die, die das Land verteidigen können, ist es für den Angreifer ein leichtes Spiel, sich zu nehmen, was er will. Ob das alles richtig ist, diese künstlich umrissenen Flächen zu schützen, bleibt auf einem anderen Papier unbeantwortet stehen.

In der Ukraine geht es aber von Anfang an nicht darum, nur ein Gebiet zu verteidigen. Der Mann aus Russland ist an den Menschen, die dort leben, nur am Rande interessiert. Das Volk, wir hatten das schon, ist wichtig, nicht aber das Individuum. Deshalb müssen die Männer in den Kampf, meistens einfach nur um ihre Familie zu verteidigen. Und letztlich sind die ukrainischen Männer egal. Wichtig sind die Frauen in der Ukraine, denn die gebären die Kinder, womit Russland sein Land vergrößern kann.

Zumindest kann der Papa von Mykyta helfen uns wegzubringen. Die Erwachsenen wollen mit zwei Autos fahren. Einerseits kann man so mehr transportieren, andererseits haben wir die zusätzliche Sicherheit, dass, wenn ein Auto ausfällt, wir mit dem anderen weiterfahren können. Man weiß ja nie, was alles passieren wird.

Die Familien verabreden sich für den kommenden Vormittag an der Garage. Mama fängt an zu packen. Viel können wir nicht mitnehmen. Jeder hat nur Platz für eine Tasche und auch das geht nur, wenn die beiden Autos heil bis zur Grenze kommen.

Ein paar Dokumente, ein paar Sachen zum Wechseln, Bilder, eine kleine Erinnerung, mehr geht nicht. Wir müssen unser vergangenes Leben auf das reduzieren, was wir selbst tragen können. Das ist nicht viel.

„Was machen wir mit den anderen Sachen?"

„Die bleiben erst einmal hier. Wir kommen wieder zurück."

„Und wenn nicht?"

„Hast du deine Tasche gepackt? Hast du Tilli mitgenommen?"

„Muss ich meine Schulsachen mitnehmen?"

„Nimm ein paar Stifte und einen kleinen Schreibblock mit. Die Bücher und deine Schultasche bleiben hier."

„Gibt es da, wo wir hinfahren, denn Schulen?"

Ich hoffe auf eine verneinende Antwort und grinse in mich hinein.

„Sicher gibt es da auch Schulen, aber da wirst du bestimmt andere Bücher bekommen. Da leben auch Kinder."

„Hm."

Ich beende das Grinsen. Immerhin gibt es da auch Kinder.

Vogelhäuschen

In einer Ecke von Opas Garten steht ein Vogelhäuschen. Stand ist wohl die bessere Beschreibung. Nach den letzten nächtlichen Ereignissen liegt es. Das Dach ist abgebrochen und der Ständer des Häuschens ist gerissen. Es ist egal, weil es keine Funktion mehr hat. Reparieren werden wir es wohl nicht mehr.

Früher haben Opa und ich regelmäßig Vogelfutter hineingelegt. Manchmal hat Opa ein wenig von den Hühnern genommen. Sie hatten reichlich. Unser Ziel war es, Eier von den Hühnern zu bekommen, also sollten sie nicht hungern. Jetzt ist kaum noch Vogelfutter in den Geschäften erhältlich und wenn wir es doch bekommen haben, haben wir es nur noch den Hühnern gegeben, aber die sind auch nicht mehr da. Nun liegt der Vogeltreffpunkt in einer Ecke des Gartens und wird gerade von Schneeflocken zugedeckt. Keine Vögel im Garten bedeutet kein Leben, keine spielenden Vögel, keine Gesänge bedeutet Stille.

Es gibt zwei Formen von Stille. Die eine Form ist die Stille nach dem Lärm, dann, wenn die Ohren sich entspannen, zur Ruhe kommen. Es ist die Stille nach den Sirenen oder Explosionen, die durch ihre Lautstärke die Ohren zerreißen wollen. Ich habe dann das Gefühl, wenn der Lärm vorüber ist, dass die Ohren knacken, weil die Anspannung aus ihnen weicht. Die andere Stille ist die Totenstille, die einem Angst macht und kalt ist. Diese Stille hat was mit Einsamkeit zu tun. Dann, wenn keiner mehr da ist, der Geräusche verursachen könnte. Es ist die Stille, die mich dazu veranlasst, Menschen aufzusuchen, weil ich mich in dieser Stille fürchte. Mal sucht man die Stille, mal flüchtet man vor ihr. Die Stille im Garten ohne Vogelgesänge ist die Art, vor der man flüchtet. Das Gefühl ist eine kalte Hand, die nach mir greift, mich festhält. Sie schließt mich ein. Beklemmung nennen es die einen, die anderen sprechen von Atemnot und andere haben das Gefühl, als ob sie von tausend Augen angestarrt werden. Wie ist das wohl mit den Menschen, die taub sind? Die niemals etwas hören. Für die ist es immer still. Haben sie auch manchmal das Gefühl, dass sie flüchten müssten? Und wenn ja, wohin gehen sie? Ihnen folgt die Stille, egal wohin sie gehen. Sie sitzt auf ihren Schultern und lässt sie nicht mehr los.

Manchmal ist die Stille wie ein Tiger. Dann, wenn hinter dem Soldaten die Granate explodiert, springt sie ihn an. Ab dem Moment, wenn die Trommelfelle platzen, das Blut aus den Ohren läuft. Dann, ja dann sitzt der Tiger auf den Schultern des blutenden Soldaten und verbeißt sich im Kopf. Das Letzte, was der Soldat hört, ist das Brüllen des Tigers, bevor niemals mehr ein Ton das Ohr passiert.

Abfahrt

Am nächsten Morgen, kurz nach Sonnenaufgang, treffen wir uns an den Garagen. Mykytas Vater schreibt in großen Buchstaben KINDER an die Autos.

„Warum machst du das?"

„Damit alle sehen, dass wir keine Soldaten sind, sondern dass wir Kinder in Sicherheit bringen."

„Meinst du, das hilft? Bei Mykyta war das doch auch egal."

„Wir müssen es versuchen."

Dabei schaue ich zu meinem Freund, der es sich schon auf der Rückbank seines Autos bequem gemacht hat. Sie fahren nur zu dritt, deshalb können sie auch die halbe Rückbank für Dinge nutzen, die sie retten wollen. Sie schichten es rechts und links von Mykyta auf, so dass er einen zusätzlichen Schutz hat. Nachteil ist, dass er nur nach vorne gucken kann. In unserem Auto fahren vier Personen mit, da kann nur der Kofferraum befüllt werden und das, was wir uns auf die Beine stellen können. Außerdem braucht Oma etwas mehr Platz für ihr kaputtes Bein.

Wir fahren aus Fastiw in Richtung Westen. Rechts und links der Straße zerschossene Häuser, leerstehende Wohnungen mit großen Löchern in den Dächern, fehlende Hauswände, ausgebrannte Autos, immer wieder verlassene Straßenbarrikaden, schwarze, verkohlte Bäume, Löcher in den Straßen und überall Spuren von Kampfhandlungen. Die Autofahrt ist eher eine Kurventour und das auch nur langsam. Mykytas Vater hatte sich informiert, wo wir sicher fahren können. Der Mann aus Russland hat an vielen Straßen Minen und Sprengfallen vergraben. Die Autos, die über diese Minen gefahren sind, sehen schlimmer aus als der Soldat, der sich vor ein paar Tagen an dem Baum in Fastiw zu Tode gefahren hat.

In unserem Auto sitzt Opa am Lenkrad. Mama sitzt vorne neben Opa und Oma hinten, damit sie das Bein immer mal anders legen kann. Die Gespräche zwischen uns enden bald. Alle schauen gebannt aus ihren Seitenscheiben, sind entsetzt von dem, was sie dort sehen.

„Gut, dass wir fahren. Hier sieht es schlimmer aus als bei uns in der Straße."

Opa nickt.

Oma zieht ein Taschentuch aus ihrer Jacke und putzt sich die Nase. Sie scheint traurig zu sein.

Ich habe Angst. Gefühlt bin ich gerade wieder auf der Straße in Fastiw, als die Panzer angegriffen wurden, mit dem Unterschied, dass ich der Situation nicht entkommen kann.

Wir versuchen heute viele Kilometer zu fahren und möglichst wenig Pausen zu machen, um abends in ein Hotel zu gelangen. Wenn wir Pausen machen, werden wir schnell zum Ziel, sagen sie im Radio.

Bewegte Ziele treffen die Russen nicht so gut, vielleicht weil sie zu viel Alkohol trinken, denke ich. Im Auto zu übernachten wäre zu gefährlich und außerdem ist Winter, deshalb wollen wir bis zum Hotel kommen. Dort wird es wenigstens warm sein.

Mama sagte, dass es ein Flüchtlingshotel in Korez gibt, wo wir eine Zwischenrast machen können. Dort gibt es etwas zu essen und zu trinken. Im Keller haben sie Matratzen hingelegt, wenn wieder Luftalarm ausgerufen wird, und in dem Ort gibt es eine offene Tankstelle, die noch Benzin haben soll. Es hört sich nach einem Ort an, der sicher sein könnte.

Jetzt sind wir auch Flüchtlinge. Wir gehören zu den vielen Menschen in unserem Land, die gehen, um der Gefahr aus dem Weg zu gehen. Zugvögel ziehen auch jedes Jahr weg, um der Gefahr von Hunger und Kälte aus dem Weg zu gehen, aber sie kommen wieder im nächsten Jahr. Ob wir Zugvögel sind, werden wir sehen. In der Schule, wenn diese noch geöffnet hätte, würde die Lehrerin auf meinen Platz einen kleinen Koffer stellen. Die Klasse ist aber leer.

Dort sind keine Kinder mehr.

In Fastiw war jeder Tag Alltag. Ich stehe auf, frühstücke an einem Tisch, der schon gedeckt ist, gehe dann zur Schule, komme wieder nach Hause und wieder ist der Tisch für das Mittagessen bereitet, in der Küche duftet es nach Essen, danach erledige ich die Hausaufgaben und gehe meistens zu Mykyta spielen. Abends geht es nach Hause, es gibt Abendessen, ich gehe ins Badezimmer und dann ins Bett. Alles das läuft an fast jedem Tag gleich ab. Der Rhythmus, in dem ich groß werde. Tagein und tagaus. Ich weiß, ich habe viel geschimpft und vieles hat mir nicht gepasst. Wenn es aber dann fehlt, fühlt es sich doof an. Man weiß immer erst dann, dass man es vermisst, wenn es weg ist.

Von dem Leben in Fastiw bleibt jetzt nichts mehr. Der Alltag ist mit dem Einstieg in das Auto heute Morgen und dem Schließen der Türe vorbei. Wir Kinder lernen durch Wiederholungen. Das Einzige, was sich ab jetzt wiederholt, ist die Angst und die Unsicherheit.

Tote Tiere

Wir fahren durch ein kleines Dorf, irgendwo auf dem Land, Richtung Westen. Menschen leben hier nicht mehr, zumindest sehe ich keine. So suchend ich auch durch die Scheibe gucke, es ist einfach keiner zu sehen. Hier muss wohl heftig gekämpft worden sein. Teilweise stehen die Türen der Häuser auf, so als ob die Menschen fluchtartig weggelaufen sind. Ganz viele Steine, Äste und Metallschrott liegen kreuz und quer auf der Straße. Alles ist kaputt. Die Zäune sind eingerissen. Bei manchen sieht man, dass dort Fahrzeuge hindurchgefahren sind. Überall in den Mauern Einschusslöcher. An einer Stelle stehen ausgebrannte Panzer, ein paar Meter weiter Skelette von LKWs.

„Mama."

„Ja."

„Da liegt ein toter Hund."

„Ja, habe ich gesehen."

„Warum ist der tot?"

„Vielleicht sind die Besitzer geflüchtet und haben ihn zurückgelassen, dann könnte er verhungert sein. Vielleicht ist er aber auch gestorben bei einem Angriff, wie unsere Hühner in Opas Garten."

„Warum beerdigt ihn keiner?"

„Weil niemand mehr da ist, der ihn beerdigen kann."

„Warum hat ihn vorher niemand mitgenommen?"

„Wahrscheinlich war kein Platz mehr im Auto. Schau mal, bei uns ist auch kaum Platz. Oder die Menschen mussten sehr schnell flüchten, um ihr Leben zu retten."

„Aber Familienangehörige werden doch mitgenommen. Ein Hund ist doch auch Familie."

„Ja, das stimmt. Andere Familien sehen das aber anders."

Ich schaue wieder aus dem Fenster. Es ist nicht das einzige Tier, was ich sehe. Auf meiner Seite zweigt eine kleine Nebenstraße ab. Dort sehe ich tote Menschen vor einem verlassenen Panzer auf der

Straße liegen. Ich schaue zu Oma herüber, meine Augen sind offen wie Scheunentore.

„Oma."

Sie weiß genau, was ich gesehen habe. Mein Entsetzen muss mir im Gesicht stehen.

„Schau nicht hin."

„Da lagen Menschen."

„Ich weiß."

„Warum liegen die da?"

„Die sind tot."

„Beerdigt die auch keiner?"

„Wer soll sie hier beerdigen?"

„Was passiert jetzt mit denen?"

„Nichts."

„Wie, nichts?"

„Solange es hier gefährlich ist und gekämpft wird, bleiben sie liegen. Erst wenn es ruhiger wird, kommen Menschen und werden sie begraben."

„Gehen die Tiere dann daran?"

„Ja, Hunde, Katzen und Ratten, die hier rumlaufen und kein Zuhause mehr haben. Wenn niemand da ist, der sie füttert, müssen sie nehmen, was sie kriegen können."

Mir wird übel.

„Liegt Papa auch irgendwo?"

Mama zuckt zusammen und rutscht unruhig auf ihrem Platz hin und her. Dann beugt sie sich nach vorne und kramt in ihrer Tasche, ohne irgendwas herauszuholen. Dabei schielt sie zu Opa hinüber, der konzentriert nach vorne schaut. Alle versuchen die Fassung zu bewahren.

„Nein, der wurde von seinen Kameraden beerdigt."

„Wo ist das Grab? Können wir dahin?"

„Ja, wenn der Krieg vorbei ist."

Mama schaut durch ihr Seitenfenster, damit ich ihre Tränen nicht sehe.

„Gut, dass er beerdigt wurde. Sonst gehen da auch die Hunde dran."

Oma, Opa und Mama schweigen.

Feuer

Zwischen den zerbombten Häusern raucht es. Keine Reste der Raketeneinschläge, sondern Menschen, die um kleine Feuer herumsitzen. Es ist kalt, die Heizung ist kaputt oder die Energieversorgung ist abgeschaltet, im günstigsten Fall. Meist ist aber die Infrastruktur zerstört. Irgendwo wird immer eine Leitung getroffen. Die Häuser kühlen nach und nach aus. Meist sind sie schlecht isoliert. Spätestens wenn das Wasser im Glas am Bett über Nacht einfriert, ist es Zeit, die Wohnung zu verlassen. Ein Leben im Gefrierschrank ist nur bedingt gesund. So treffen sie sich draußen, vor ihren Ruinen. Sammeln die hölzernen Trümmer ein und schaffen sich Feuerstellen.

Als Ofenstelle genügen ihnen die Steine der Häuser, die hier überall rumliegen. Verbrannt wird, was brennt, es ist egal. Alles Brennbare erzeugt Wärme in diesen kalten Tagen und es ist nicht nur die Temperatur, sondern auch die Kälte, mit der der Feind zuschlägt. Kälte macht mürbe. Der Körper muss schwer dagegen ankämpfen, muss seine eigenen Ressourcen verbrauchen, um die Temperatur halten zu können, wenn nicht genügend zu essen da ist und meist fehlt es auch daran. Es wird enger, der Grad zum Überleben wird schmaler. Die kleinen Ofenstellen in den zerbombten Gebieten sind zweischneidige Schwerter. Sobald Rauch aufsteigt, geben sie Signale, dass hier noch Leben ist. Der Feind will dies verhindern, also werden ihm neue Ziele geboten. Die Lösung ist, das Feuer zu verstecken und erst nachts für Wärme zu sorgen, denn dann kann er den Rauch nicht sehen. Bleibt die Hoffnung auf etwas Sonne am Tag, damit wenigstens etwas Wärme aufgesogen werden kann.

Regnet es, werden Menschen zu Regenwürmern, nur dass sie nicht ertrinken, sondern erfrieren.

Eine alte Frau, sie sieht ein bisschen aus wie Frau Jeva, sitzt gekrümmt auf ihrem Gartenstuhl in ihrem Vorgarten. Hinter ihr das Haus. 56 Jahre ist es her, dass sie es mit ihrem Mann gebaut hat. Vor drei Tagen hat es einen Volltreffer bekommen. Das Dach ist weggeplatzt, zwei Wände brachen heraus, ihr Mann war sofort tot, er saß im Wohnzimmer, las die Zeitung. Sie war im Hühnerstall Eier holen. Ihr Glück. Das Haus unbewohnbar, der erste Regen hat es bereits von innen aufgeweicht, vor allem ihr Bett, das jetzt unter freiem Himmel steht. Bleibt es feucht, wird es schimmeln, dann werden die ersten Pflanzen darauf wachsen. Zum Schlafen ist es jetzt unbrauchbar, erst recht zum Wärmen.

Im Hühnerstall ist ihr Holzlager, das sie jetzt auf der offenen Feuerstelle verbrennt, um sich ein wenig zu wärmen.

Kälte, Trauer, Einsamkeit und jetzt auch noch heimatlos. Was bleibt, sind ihre Kleider auf dem Körper, die eine Hülle bedecken, die leer ist. Im Inneren kann sie kein Feuer mehr entfachen, um sich an irgendetwas zu erwärmen. Alles zu verlieren bedeutet nur noch da zu sein als ein Haufen Zellen. Die Seele ist fort. Sie wird hier sitzen bleiben, ihr Holz verbrennen, die letzten Nahrungsmittel zu sich nehmen, die Hühner versorgen und diese vielleicht essen oder frei lassen und dann ihrem Mann folgen.

Hotel

Das Hotel ist ein freistehendes Gebäude, das wir nach einem halben Tag erreichen. Drei Stockwerke hoch in grauem Beton gefertigt. Den Eingang ziert eine große sonnenblumengelbe Leuchtreklame, die aber abgeschaltet ist. Rechts und links des Einganges sind Sandsäcke aufgestapelt. Ein Mann mit einer Kalaschnikow steht im Eingangsbereich und beobachtet aufmerksam das Gelände vor dem Hotel. Immer wieder knackt sein Funksprechgerät, wodurch er mit anderen Soldaten verbunden ist, die in der Umgebung des Ortes platziert sind.

Die Fenster des Hotels sind mit schwarzer Folie abgeklebt. Wenn es dunkel wird, soll das herausstrahlende Licht der Zimmer dem Mann aus Russland nicht zeigen, wohin er schießen soll. Gleichzeitig soll die Folie verhindern, dass das Glas splittert, wenn in der Nähe eine Granate einschlägt. Wenn man vor dem Hotel steht, sehen die schwarzen Fenster wie die ausgestochenen Augen eines Gesichtes aus. Es steht dort und will nicht sehen.

Acht Zimmer sind hier buchbar. Gäste, die sich hier zum Urlaub einquartiert haben, gibt es aber nicht. Wer will jetzt hier Urlaub machen? Dennoch ist das Hotel voll mit Menschen. Es ist ein Ort mit ganz vielen Aufgaben, die erst in den letzten Monaten hierhergekommen sind. Das Hotel ist Treffpunkt, Informationsquelle, Ort zum Auftanken der Menschen, eine Tankstelle für die Autos ist hundert Meter weiter. Hier kann man sich waschen, neu orientieren, kommt mit Gleichgesinnten ins Gespräch, bespricht Fluchtrouten. Das Essen wurde gespendet und steht kostenfrei auf einem langen Tisch im Speisesaal. Jeder, der hier hin geweht wird, nimmt sich nur so viel, wie er gerade benötigt.

Der Hotelbesitzer, ein gut angezogener, freundlicher, älterer Herr, eilt durch die Menschenmengen, beantwortet Fragen, besorgt, organisiert, leistet Hilfe. Zwei von ursprünglich sieben Hotelangestellten sind noch da. Die anderen sind geflüchtet. Es wurde ihnen hier zu gefährlich. Eine Arbeitsplatzgarantie haben sie bei ihrer Abreise aber dennoch bekommen. Sie wissen nicht, ob sie zurückkommen. Es gibt auch in anderen Ländern Hotels, wo kein Krieg tobt. Die Gästezimmer sind formal alle belegt. Bis auf ein ausländisches Fernsehteam will aber keiner der Gestrandeten dort schlafen.

Vielmehr möchten alle in den Keller, der vormals ein großer Partyraum war. Dort liegen Matratzen, eng beieinander. Die Privatsphäre umfasst die Grundfläche der Matratze. Hier soll es sicher sein, wenn draußen der Beschuss wieder aufgenommen wird. Alle fürchten die nächste Nacht. Auch hier gibt es, wie oben im Speisesaal, einen langen Tisch mit Essen und Trinken. Es ist wie die Atmosphäre in den U-Bahn-Gängen in Kiew. Die Menschen warten eng aneinandergedrängt auf Zeiten, wo sie nicht beschossen werden. Wie Vieh in der Transportbox sitzen sie nebeneinander. Eine Notgemeinschaft, die ihnen aufgezwungen wurde. Rettung und Gefahr in einem. Zum einen sind sie hier im Hotelkeller oder in den U-Bahn-Schächten sicherer als über der Erde, andererseits tötet der Mann aus Russland mit einer Rakete gleich viele von ihnen. Damit erreicht er effektiver sein Ziel.

Wo mal die Rezeption des Hotels war, sitzt jetzt eine junge Frau. Vor ihr steht ein Schild, auf dem das steht, was sie anbieten kann. Früher wurden hier die Gäste begrüßt, heute ist hier eine Infobörse. Die junge Frau hat zu Kriegsbeginn eine Hilfsorganisation gegründet, die Menschen evakuiert und Nahrung und Medikamente in die Regionen fährt, die umkämpft sind. Sie sammeln hier in dem Hotel Informationen zu den Menschen, die nicht flüchten konnten oder wollten. Und sie sammeln Anfragen für Hilfsmittel, die benötigt werden. Die einen brauchen Medikamente, die es in den geschlossenen Apotheken nicht mehr zu kaufen gibt, andere benötigen Windeln, wieder andere brauchen einfach nur Mehl oder, oder, oder. Dann gibt es die Menschen, die herausgeholt werden müssen. Alte, Kranke oder Verletzte. Manchmal nehmen sie auch Tiere mit. Vergangene Woche hatte sie ein Kalb auf dem Rücksitz, dessen Mutter bei dem Beschuss gestorben war. Nach der Tour roch das ganze Auto nach Kuhfladen. Tote Fliegen riecht man nicht.

Wir sind gerade angekommen und müssen uns im Hotel orientieren. Ich sehe die Frau an der Rezeption und lese das Schild vor ihr.

„Du, darf ich dich was fragen?"

„Ja sicher, deshalb sitze ich hier."

„Mein Papa ist im Krieg. Mama sagt, dass er tot ist."

„Das tut mir leid."

„Kannst du den holen?"

„Leider nein. Wir kümmern uns nur um die Lebenden. Weißt du, Verstorbene werden vom Bestatter geholt. Das bin ich aber nicht und ich habe auch kein Auto dafür. Ist denn dein Papa nicht beerdigt worden?"

„Oma sagt, dass er von seinen Kameraden begraben wurde."

„Na, wenn das so ist, kann ich vielleicht doch ein bisschen helfen."

„Wie denn?"

„Weißt du denn, wo sie ihn begraben haben?"

„Nein, keine Ahnung."

„Okay. Ich arbeite mit der Polizei und den Gerichtsmedizinern zusammen. Die sammeln die Verstorbenen, damit sie auf richtigen Friedhöfen beerdigt werden können. Sie erstellen dafür Listen. Gib mir mal die Kontaktdaten deiner Mutter. Wenn ich was höre, dann ruf ich sie an. Einverstanden?"

„Ja, danke."

Hinter dem Hotel und neben dem Parkplatz sind zwei alte Männer dabei, Autos zu reparieren, die es bis hierhin geschafft haben. Es werden nur Reparaturen vorgenommen, die zu einer Fahrbereitschaft führen. Ob irgendwo ein Blinker beschädigt ist, spielt heute keine Rolle mehr. Die mobile Werkstatt ist gleichzeitig Treffpunkt der Alten, die nicht mehr in den Krieg müssen. Hier bekommt man alle Informationen zu Straßen, die noch befahrbar sind. Die Alten kennen hier jeden kleinsten Flecken.

Das Hotel als Erholungsort ist Vergangenheit. Heute hat es eine neue Aufgabe bekommen. Es ist ein Dreh- und Angelpunkt. Ein Knotenpunkt, um aus dem Krieg herauszukommen. Die, die hier arbeiten, sind nicht am Profit interessiert, sie wollen nur die Anzahl der Toten ihrer Landsleute reduzieren. Und damit kämpfen sie ihren ganz eigenen Kampf gegen den Mann aus Russland, allerdings ohne Waffen, vielleicht genauso erfolgreich wie die eigenen Soldaten.

Parkplatz

Auf dem Parkplatz vor dem Hotel stehen die Gestrandeten. Es ist der Spülsaum des Krieges. Weggespült von der Welle der Gewalt. Die, die sich dem nicht stellen wollen, die keinen Sinn darin sehen, die ihre Kinder schützen müssen, damit der Mann aus Russland ihnen nicht auch das noch nehmen kann. Andere, die dortbleiben, surfen auf der Welle, nutzen sie für ihre Interessen. Für die, deren Leben an erster Stelle steht, ist diese Welle nichts.

Alles das, was sie sich aufgebaut haben, haben sie jetzt schon verloren. Klar, alle wollen zurück, aber wird dann dort, wo sie herkommen und wieder hingehen möchten, das ihrige noch da sein? Wird nicht alles zerstört, geplündert und verbrannt sein? Wird das, was sie bisher Heimat genannt haben, noch Heimat sein können?

Aus Erzählungen von denjenigen, in deren Häuser eingebrochen wurde, wird gesagt, dass der Ort seine Sicherheit verloren hat. Und das war nur ein Einbruch. Es ist nur jemand hereingekommen und hat etwas mitgenommen. Trotzdem ist der Ort, ja, wie soll man es sagen, entweiht. Ja, das ist das richtige Wort. Unsere vier Wände sind uns heilig. Wir haben sie nach unseren Vorstellungen geschaffen. Dort ist das Privateste des Menschen, dort, wo wir nackt sind, schutzlos. Was ist, wenn das, was man sich aufgebaut hat, auch noch zu einem Häufchen Asche zerfallen ist? Baut man das noch mal auf, weil zumindest das Land, auf dem die Asche liegt, einem gehört? Oder geht man fort, weil man einsehen muss, dass es noch mal passieren kann. Die Sicherheit, die man gespürt hat, ist weg. Heimat ist Sicherheit. Heimat ohne Sicherheit ist die Fremde.

Hier stehen sie nun auf der leeren Betonfläche mit ihren Pfützen vor dem Hotel. Alte, Junge, rauchende Zigaretten in zittrigen Händen, bunte Taschen, dazwischen Kinder und Hunde, die kläffen, neben dreckigen Autos. Die Autos mit der Aufschrift KINDER, so wie das unsrige, manchmal beschädigt, manche mit Einschüssen in den Türen oder mit gebrochenem Glas. Die Mütter tragen ihre Kleinsten auf dem Arm, als ob sie diese jetzt im Augenblick beschützen müssen. Und die Kleinen brauchen genau diesen Ort, denn woanders haben sie keinen Schutz. Der Arm der Mutter ist das, was bleibt.

Das, was da auf dem Parkplatz steht, ist alles, was übrig blieb, inklusive der bunten Taschen. Sie ist voll, die Tasche, weil versucht wird, so viel wie möglich aus einem vergangenen Leben zu retten, damit es einem nicht genommen werden kann. Aber das, was in den Tüten liegt, sind nur Gegenstände. Dinge kann man verlieren. Fand man sie gut, kann man später versuchen, sie wiederzubekommen. Es kann alles verloren gehen, selbst das Leben.

Es wird erzählt, dass nach dem Abwurf der Bombe über Hiroshima die Menschen in der Nähe der Abwurfstelle einfach verdampft sind. Es blieben allenfalls Schatten an den Wänden übrig. Verdampft, einfach weg, wie bei einem Kochtopf, dessen Deckel ich vom kochenden Wasser abhebe und sich der Dampf kurz ausbreitet, bevor er dann verschwindet. Weg, einfach weg.

Begegnung

Der Soldat mit der Kalaschnikow aus dem Eingangsbereich kommt ins Hotel, um sich aufzuwärmen. Ich sitze mit Mykyta im Speisesaal. Wir haben uns gerade etwas Brot und ein paar Würstchen geholt. Die Erwachsenen unterhalten sich mit anderen Gestrandeten über das, was sie erlebt haben.

Wir beobachten ihn. Er ist eine imposante Gestalt mit seinen Militärsachen, der Schutzweste, dem Helm, seinen Stiefeln und vor allem seinen Waffen. Am Gürtel trägt er Pistole und Messer, daneben viele Behältnisse für seine Munition. Über der Schulter hängt jetzt sein Gewehr, das er sich auf den Rücken geschoben hat. Der Lauf zeigt nach unten.

Er schaut sich um und geht dann gezielt zur Tischreihe mit dem Essen. Auch er nimmt sich Brot und Würstchen, sieht, dass wir die gleichen Sachen auf unseren Tellern haben, grinst und kommt zu uns.

„Darf ich mich zu euch setzen?"

Wir nicken stumm und schüchtern.

„Woher kommt ihr?"

„Aus Fastiw."

„Wo wollt ihr hin?"

„Richtung Westen, vielleicht auch ins nächste Land."

„Gut so. Für Kinder ist das hier nicht gut."

„Mit wem seid ihr hier?"

Ich zähle ihm auf, wer in den beiden Autos sitzt. Er nickt.

„Dein Vater kommt wieder zurück, wenn er euch weggebracht hat?"

Dabei schaut er Mykyta an.

„Ja, er fährt uns nur zur Grenze und kehrt dann um."

„Wir brauchen hier jeden Mann. Wo ist denn dein Papa?"

„Mein Papa ist tot."

„Oh, das tut mir leid. Ist er im Kampf gefallen?"

„Ja, aber wir wissen nicht wo."

„Das kriegen die von der Polizei schon raus. Hast du schon die junge Frau an der Rezeption gesprochen?"

„Ja, habe ich. Sie will sich kümmern und dann Mama anrufen."

Er nickt.

„Wie lange bist du denn schon hier am Hotel?"

„Ich komme von hier und arbeite bei einem Wachdienst hier im Ort. Mich hat man von der Front befreit, damit ich euch hier im Hotel beschützen kann. Das mache ich jetzt schon ein paar Monate."

„Alleine?"

„Nein, nein, wir sind zu dritt und teilen uns die Arbeit."

„Wie ist das so?"

„Es werden immer mehr Menschen in den vergangenen Wochen, die hier durchkommen. Wir hatten hier in der Umgebung noch vier andere Hotels mit der gleichen Aufgabe, aber die sind mittlerweile alle geschlossen. Deshalb ist es wichtig, dass wir dieses Haus gut beschützen."

„Hast du Angst?"

„Das kann ich euch gar nicht mal wirklich sagen. Bisher ist hier alles gut gegangen und ich hoffe, das bleibt auch so. Ich glaube, dass ich mit meiner Aufgabe Glück gehabt habe. Ich habe ein Dach über dem Kopf, wenn es regnet, kann ich mich unterstellen. Hier gibt es immer genug zu essen und zu trinken. Manchmal kommen aber verletzte Soldaten hier durch, die nicht mehr zur Front müssen. Die haben alle einen komischen Blick. Es ist, als ob sie ins Leere schauen. Die müssen schlimme Dinge erlebt haben. Dann bin ich richtig froh, dass ich hier stehen kann. Es wird gesagt, dass die Männer, die vorne waren, sich nach 48 Tagen verändern und es auch nicht mehr loswerden. Was es ist, weiß ich aber nicht."

„Denkst du, dass der Krieg auch hier hinkommt?"

„Ich denke schon, leider. Deshalb ist es gut, dass ihr weiterfahrt. Kinder haben im Krieg nichts verloren. Schlimm genug, dass sich die

Erwachsenen immer streiten müssen."

Damit steckt er sich das letzte Würstchen in den Mund, wischt sich mit dem Handrücken über die Lippen, steht auf und geht wieder nach draußen uns bewachen.

Bombentaub

Jede Bombe, jede Rakete verursacht Lärm und eine Druckwelle, die auf uns einwirkt. Sie breitet sich schneller aus, als wir uns vor ihr schützen können. Jedes Geschöpf in der Umgebung ist dem Knall ausgesetzt. Ich stehe nach dem Essen auf dem Parkplatz vor dem Hotel. Mir gegenüber quer über dem Platz läuft ein Hund mit gesenktem Kopf. Die Haare unter seinen Ohren sind verklebt durch Blut, das ihm aus den Ohren gelaufen ist. Ich versuche ihn zu locken, pfeife, klatsche in die Hände. Der Hund läuft weiter, reagiert nicht. Hinter mir im Eingangsbereich steht der Wachsoldat. Jetzt kommt er zu mir.

„Versuchst du den Hund zu locken?"

„Ja, aber der reagiert nicht."

„Kann er auch nicht."

„Warum?"

„Er hört dich nicht."

„Warum hört er mich nicht?"

„Er ist taub. Seine Ohren sind kaputt."

„Wie ist das passiert?"

„Vor ein paar Tagen ist in seiner Nähe eine Granate eingeschlagen. Die Druckwelle hat ihn weggeblasen und dabei seine Ohren beschädigt. Jetzt kann er nichts mehr hören."

„Wird das wieder gut?"

„Nein, das bleibt. Unter uns Soldaten gibt es auch viele, die nichts mehr hören können."

„Gar nichts mehr?"

„Richtig, für die, die taub sind, bleibt es still. Manchmal ist das besser, denn viele erschrecken noch nach Jahren, wenn es irgendwo laut kracht. Sie werden es nicht mehr los. Es ist ein Schaden, den von außen keiner sieht."

„Was passiert jetzt mit dem Hund?"

„Wenn er Glück hat, richtet er sich jetzt darauf ein und nutzt mehr seine Augen. Glückt ihm das nicht, wird ihn irgendwas überraschen und vielleicht töten. Die Gefahr, die auf ihn zukommt, kann er nicht mehr hören. Die größte Gefahr geht von der Nacht aus. Dann, wenn er auch seine Augen nicht nutzen kann, dann kann er nur noch riechen. Besser, er versteckt sich dann und wartet auf den Morgen. Er muss sein ganzes Leben ab jetzt darauf ausrichten."

„So wie bei meinem Freund. Der Schaden wird bleiben und nie wieder gut."

Mykyta humpelt durch die Eingangstür und wir beobachten zu dritt, wie der taube Hund über den Platz läuft und an der Straße stehen bleibt. Das weiß er schon mal. Zum Glück.

Soldatengründe

Mykytas Papa hat uns die ganze Zeit aus den Augenwinkeln heraus beobachtet, wie wir uns mit dem Wachsoldaten unterhalten haben. Jetzt holt er sich eine Fanta und kommt zu uns.

„Na, ihr Helden, habt ihr was herausbekommen?"

Wir schütteln beide den Kopf.

„Nur, dass die Soldaten, die von der Front kommen, einen komischen Blick haben sollen."

„Ja, das stimmt. Viele haben Dinge gesehen, die sie nicht verkraften können."

„Warum machen sie es dann?"

„Wir haben keine Wahl. Tun wir nichts, holen sich die Russen alles, was wir haben. Sie töten, stehlen und wir wären dann bald Teil von Russland. Außerdem will jeder seine Familie beschützen. Die Länder im Westen haben es teilweise begriffen, aber leider noch nicht alle, denn dann würden sie uns besser helfen. Sie begreifen nicht, dass Russland nicht nur die Ukraine will. Russland will alles."

„Warum?"

„Das ist schwer zu beschreiben. Ich will es mal versuchen. Es gab eine Zeit, da haben sich Länder ausgebreitet, wurden immer größer. Zu ihnen gehörten dann ganz viele verschiedene Völker aus unterschiedlichen Regionen der Welt mit ganz unterschiedlichen Sprachen. Das nennt man ein Imperium. Diese Imperien sind dann irgendwann wieder zerfallen, weil die einzelnen Völker gesagt haben, dass sie es auch allein können. Das sind die heutigen Länder, wie die Ukraine, Deutschland, die Schweiz, Frankreich und viele andere. Heute denken wir, dass wir uns als Länder zusammenschließen, auf freiwilliger Basis, um besser zusammenarbeiten zu können, aber eben nicht als aufgezwungenes Imperium. Die EU oder die NATO sind solche freiwilligen Gemeinschaften, wo einfach nur zusammengearbeitet wird, weil es sinnvoll für alle sein kann. Keiner muss, alle können. In einem Imperium ist das nicht so, da muss man.

Die Russen hatten mal ein Imperium, was aber zerfallen ist. Jetzt haben sie einen Präsidenten, der das wieder zurückhaben möchte. Der kapiert nicht, dass heute eine andere Zeit ist."

„Heißt das jetzt, dass wir nur wegen eines Mannes Krieg haben?"

„Ja genau, nur weil er das nicht kapiert. Er hat viele Jahre darauf hingearbeitet, dass wir jetzt Krieg haben. Viele kluge Menschen, die ihn beobachtet haben, haben vor seinen Ideen gewarnt. Die meisten haben aber gesagt, dass es schon nicht so schlimm wird. Es ist wie immer, in die Zukunft können wir nicht schauen und sehen die Gefahr einfach nicht. Und auf Hypothesen und Wahrscheinlichkeiten reagiert keiner."

Die Hypothese

Alle Welt spricht von Kipppunkten und warnt davor, diese zu erreichen, sowohl bezogen auf das Klima als auch auf die Politik. Die Gefahren, die danach auf uns warten, seien zu groß. Es würden Vorgänge losgetreten, die wir nicht mehr einfangen könnten. Der Schaden, der dann auf uns wartet, wäre katastrophal.

Wir Menschen haben ein Problem. Der Weg zum Kipppunkt ist unsere Realität, in der wir leben. Wir diskutieren, hadern, sind wütend, wir kleben uns an Straßen fest, wir warnen, wir reden den ganzen Tag, erstellen Studien. Der Kipppunkt, den wir vorzeichnen, ist der Gang durch eine Tür. Das Blöde ist nur, dass diese Tür keinen Sichtspion hat. Wir sehen nicht durch sie hindurch, sondern mutmaßen, was auf der anderen Seite sein könnte. Sicherlich wissenschaftlich sehr wahrscheinlich und absehbar, aber, und das ist ein großes Aber, es bleibt eine Hypothese. Wie wahrscheinlich sie auch sein mag, sie ist keine Realität. Vielleicht zum Glück!

Und damit haben wir den Salat, denn das ist unser eigentliches Problem als Menschen. Wir lernen nicht durch die Aufstellung von Hypothesen.

Es ist wie immer in unserer Geschichte, es verdichtet sich, es kumuliert und wir laufen auf die nächste Katastrophe zu.

Auf der anderen Seite haben wir das Problem, dass wir zum jetzigen Zeitpunkt nicht den Gegenbeweis antreten können. Nehmen wir mal an, dass wir auf dem Weg zur Katastrophe, diese vor ihrem Eintreten abwenden würden. Wäre sie denn auch wirklich eingetreten? Schrödingers Katze lässt grüßen. Der Lerneffekt aus unserem Handeln wäre dann nicht gegeben und würde Hypothese bleiben.

Es ist wie in der Natur. Pflanzen und Tiere, zu denen wir übrigens auch gehören, reagieren nicht auf Hypothesen, sondern auf Realitäten. Ist keine Nahrung da, wandern die Tiere ab oder verhungern. Dass sich die Nahrung eventuell zukünftig verknappen könnte, wird als Wahrscheinlichkeit nicht gesehen. Das Ergebnis ist, dass ein Teil die Veränderung nicht meistern wird und ein anderer Teil, der auf die Veränderung schneller reagieren konnte, überleben wird. Aber eben immer erst nach dem Eintreten der Veränderung.

Was bleibt, ist nicht die Hypothese, sondern die Frage, ob wir Interesse daran haben, uns als Menschen zu erhalten. Die Frage scheint aktuell noch nicht entschieden zu sein.

Tatsache ist aber auch, dass wir uns innerhalb der Krise schneller entwickeln, als ob wir was aufzuholen hätten. Krisen oder Kriege waren bisher immer Katalysatoren der Entwicklung.

Im Keller

Es ist später Abend. Im Hotel wird es langsam ruhiger. Ein Teil der Reisenden nutzt die Nacht für die Fahrt. Sie sind der Meinung, dass sie im Schutz der Dunkelheit besser aufgehoben sind. Mykytas Vater, aber auch der Wachmann des Hotels halten nicht viel von dieser Idee. Die Dunkelheit schützt eher denjenigen, der irgendwo liegt und schießen will. Entscheiden muss aber jeder selbst. Wir wollen die Nacht im Hotel verbringen und morgen wieder starten. Mit etwas Glück erreichen wir vielleicht die Grenze und sind dann in Sicherheit.

Ein Zimmer wollen wir für die Nacht nicht nehmen, sondern entscheiden uns für den Matratzenkeller. Die Lüftung ist nicht optimal, aber immerhin ist es sicherer als in einem Zimmer, in das der Mann aus Russland einfach hineinschießen könnte.

Über zwanzig Menschen teilen sich das Matratzenlager. Vor jedem Bett stehen Schuhe und Tüten, eben die Dinge, die man auf die Flucht mitgenommen hat. Wir liegen in unseren Straßenklamotten nebeneinander. Mykytas Hosenbein ist hochgerutscht und seine Prothese wird sichtbar. Natürlich ist sein Bein damit ein Augenanker der übrigen Gäste. Verstümmelungen von Soldaten sind mittlerweile Alltag, Prothesen bei Kindern sind eher die Ausnahme.

„Du wirst beobachtet."

„Ich weiß, sollen sie doch gaffen. Solange meine Prothese nicht rostet, ist doch alles gut."

Spricht's und dreht sich auf die Seite. Mykytas Mutter kommt.

„Junger Mann, noch nicht schlafen. Wir müssen deine Prothese erst noch abschnallen, damit dein Bein etwas mehr Luft bekommt."

Mykyta setzt sich widerwillig auf und gähnt. Seine Mutter macht sich währenddessen am Bein zu schaffen. Als sie fertig ist, stellt sie es zu der Plastiktüte vor seinem Bett. Für die beiden ist es eine Selbstverständlichkeit. Der Stumpf von Mykyta ist nach dem langen Tag zwar recht rot, aber ansonsten ist alles gut. Jetzt hat er die Aufmerksamkeit aller im Raum. Tuscheln, gaffen, mit dem Finger zeigen sind die üblichen Reaktionen, auch hier unten im Keller. Nach ein paar Minuten beruhigen sich alle wieder und es kehrt Ruhe ein. Eine unruhige Nacht folgt. Die einen schnarchen, andere können nicht schlafen und wälzen sich hin und her, andere tuscheln die halbe Nacht, ein kleines Kind weint und zwei Hunde wollen nach draußen.

Wirklich gutes Schlafen sieht anders aus.

Aber wer kann das schon in diesen Zeiten? In der Stadt war mindestens einmal pro Nacht Luftalarm, hier sind es die anderen Flüchtigen, die einem den Schlaf rauben. Gefühlt hat eine ganze Nation seit Kriegsbeginn keine ruhige Nacht mehr gehabt. Auch das strengt an und zehrt den Körper aus. Ein ständiges Wachsamsein, niemals wirklich abschalten können. Schlafentzug ist eine Form von Folter. Sie ist Alltag geworden. In dieser Nacht warnt keine Sirene.

Traum

„Papa?"

„Ja, mein Junge."

„Wo bist du?"

„An der Ostfront."

„Was machst du da?"

„Ich bin im Schützengraben."

„Was ist ein Schützengraben?"

„Das ist ein Weg, den man zwei Meter in den Boden eingräbt, so dass wir, wenn wir da entlanglaufen, nicht gesehen werden."

„Wer darf dich nicht sehen?"

„Der Feind, die Russen, die uns angreifen."

„Kannst du sie sehen?"

„Ja, manchmal, aber meistens sind die in ihren eigenen Schützengräben."

„Aber wenn du sie nicht sehen kannst und die dich auch nicht sehen sollen, wie kämpft ihr gegeneinander?"

„Wir schießen hin und her und hoffen, dass wir mehr von ihnen treffen als sie von uns."

„Dann ist Krieg Glückssache?"

„Ja, in gewisser Weise schon. Vor allem für meine Kameraden und mich."

„Warum sind deine Sachen so kaputt? Und warum liegst du so krumm auf dem Boden?"

„Die Russen greifen uns mit Drohnen an. Die Drohnen schauen von oben zu uns herunter. Von denen werfen sie dann Handgranaten ab. Eine davon hat mich getroffen."

„Tut das weh?"

„Nein, es ging ganz schnell. Die Drohne habe ich nicht gehört. Es war einfach zu laut. Sie hatte, weil ich nicht aufgepasst habe, genügend Zeit zu zielen. Dann hat sie die Handgranate abgeworfen und sie ist direkt neben mir explodiert. Es tut mir leid."

„Wann kommst du nach Hause?"

„Das werde ich wohl nicht mehr schaffen."

Ich bekomme keinen Ton raus, meine Kehle ist verschlossen.

„Danylo, ich habe dich lieb. Tust du mir einen Gefallen?"

„Welchen?"

„Passt du auf deine Mama auf?"

Ich nicke, eine Träne fällt mir vom Gesicht.

„Was passiert jetzt mit dir?"

„Meine Kameraden werden mich heute Abend finden und hier begraben."

„Wo ist das?"

„An den rechteckigen Teichen am Waldrand südöstlich von Kucherivka. Meine Kameraden werden Mama nach dem Krieg suchen. Sie wissen, wo das genau ist. Ich werde hier am Waldrand an dem kleinen Teich auf der Wiese sein bei meinen anderen Kollegen, die es auch nicht schaffen werden. Vielleicht gehe ich hier, wenn es ruhiger geworden ist, mal angeln und du kommst mich besuchen. Dann können wir gemeinsam hier sitzen und diesmal werden wir auch Glück haben und was fangen, weil ich mein Messer dabeihabe. Hier ist jetzt meine neue Heimat."

Die Nacht endet morgens um fünf Uhr. Die Ersten wollen weiter und wecken alle anderen durch ihr Rascheln. Auch wir sind wach. An Schlaf ist nicht mehr zu denken. Wir bleiben liegen, bis der erste Schwung rausgegangen ist. Erst dann machen wir uns fertig. Schnell noch in den Speisesaal ein paar Dinge zum Essen einpacken, dann zum Auto.

Kurz nach Sonnenaufgang geht es weiter in Richtung Westen. Ich fühle mich wie gerädert.

Opa überlegt

Das Auto schweigt. Seit vielen Kilometern sagt keiner irgendwas. Jeder hängt seinen Gedanken nach, schaut nach draußen in die Zerstörungen und ist froh über jeden Kilometer, den wir zurücklassen. Keiner will mehr darin leben. Es ist ein Glück, fahren zu können. Andere hatten dieses Glück nicht. Opa räuspert sich. Manchmal ist das der Auftakt zum Reden, dann hat Opa viel nachgedacht und es muss raus, bevor er platzt. Das Räuspern scheint den Weg zu ebnen.
Ich bin schneller.

„Warum?"
„Warum was?", fragt Opa, er ist schon im Redemodus.
„Warum haben wir Krieg?"

Schweigen. Es ist, als ob alle nachdenken müssen, obwohl sich alle seit Monaten im Krieg befinden. Auf einmal macht sich ein Gefühl von Schuld im Auto breit, als ob es um die Suche nach einem Schuldigen ginge. Erwachsene müssen sich gegenüber einem Kind rechtfertigen. Kriege werden von Erwachsenen angezettelt und ausgetragen. Kinder sind meist nur die, die es aushalten müssen. Sie sind nicht Verursacher der Zustände. Opa räuspert sich ein zweites Mal.

„Ich glaube ja nicht, dass es sowas wie einen alleinigen Verantwortlichen gibt. Putin hat sicherlich alles gestartet, aber er ist nur der Auslöser." Dabei lenkt Opa um einen zerstörten Panzer herum.
„Was meinst du damit?", meldet sich Oma.
„Ich denke, es muss auch eine allgemeine Bereitschaft vorhanden sein, den Krieg führen zu wollen. Wir Menschen, wir Erwachsenen, also das Volk ist doch nicht so dumm, nur weil irgendein Spinner sagt, geh töten, dass alle automatisch loslaufen und dem Befehl folgen. Ich glaube, dazu gehört auch eine innere Einstellung."

„Und wodurch soll diese entstanden sein?" Mama schaut Opa von der Seite her an.

„Wir Menschen sind eine kriegerische Spezies. Alle paar Jahrzehnte müssen wir Krieg führen. Meistens führen diejenigen den Krieg, die den letzten nicht persönlich miterlebt haben. Die den nie gesehen haben, die keine wirklichen Erfahrungen mit ihm gemacht haben, sondern die Krieg nur aus Erzählungen, aus Filmen, aus Büchern kennen. Sie haben nie die eigene Angst gespürt, haben den Tod nicht gerochen, sind selbst nie verwundet worden, haben sich nicht verstecken müssen, hatten keinen Hunger, haben nicht gefroren, waren nicht heimatlos. Sie betrachten ihn durch einen Filter, der eine Distanz aufbaut. Ihnen fehlt also eine Erfahrung am eigenen Körper. Sie tragen aber etwas in sich, was sie zu gefühllosen Handlungen befähigt. Schau uns Alte an. Bis auf einige wenige wollten wir alle nicht den Krieg. Vom Wehrdienst sind auf allen Seiten alte Menschen ausgeschlossen. Dabei gibt es viele, die fit genug wären zu kämpfen."

„Und was soll das sein, was in uns liegt?", wirft Oma ungläubig ein.

„Ich habe gelesen, dass Menschen schlimme Erfahrungen in ihrem Körper abspeichern können. Wir merken uns Dinge, wenn sie uns Angst gemacht haben, und geben diese an unsere Kinder weiter. Was lernen wir in Kriegen?

Unsere Gefühle zu unterdrücken, damit wir überleben können. Wir lernen gefühllos zu sein. Die Kombination aus eigenen und direkten Erfahrungen, das, was wir gesehen haben, und das, was wir gefühlt haben, führt dazu, dass wir Kriege beenden und in den Friedenszug einsteigen. Wir sind froh, es überlebt zu haben, feiern das Leben, verbinden uns, gehen Partnerschaften ein, bekommen Kinder. Die Kinder führen eine Zeit lang unseren friedlichen Weg weiter, profitieren von den Erfahrungen ihrer Eltern, gründen vielleicht eigene Familien, vermehren sich. Die Erfahrung ihrer Großeltern verblasst aber immer weiter, je mehr Alte sterben. Als ob ein kollektives Gedächtnis gelöscht wird. Was aber die ganze Zeit bleibt, ist, gefühllos sein zu können, wenn es benötigt wird. Das ist in jeder Zelle in uns abgespeichert. Wir bringen es aber nicht mehr in Zusammenhang mit der tatsächlichen Angst in der Kriegssituation. Und dann kommt jemand, der genau die richtigen Punkte anspricht und andere Aspekte in den Vordergrund hebt. Die Kinder oder Enkel haben niemals das Grauen gesehen, ihnen fehlt das Wissen und sie steigen in den nächsten Krieg ein, denn sie können eines: vorne im Schützengraben das Grauen eine Zeit lang ausblenden und wieder töten, bis die Erfahrungen, die sie dort am eigenen Leib machen, dazu führen, dass sich das Bild aus Grauen und Gefühllosigkeit wieder zusammensetzt und dazu führt, dass sie den Krieg nach einer Zeit beenden.

Vielleicht geht Frieden nur dann, wenn wir beide Aspekte ständig in uns wachhalten, das Gefühl von Grauen der eigenen Erfahrungen und die an unsere Kinder weitergegebene Gefühllosigkeit, um überleben zu können. Fehlt einer der beiden Punkte, ist die Gefahr groß, dass jemand kommt und den nächsten Krieg beginnen will. Wir sind dann nicht gewappnet und die Angst vor dem aufkommenden Krieg ist nicht hoch genug. Meistens führt die nächste Generation keinen Krieg. Die Alten mit Erfahrungen halten sie davon ab."

Opa atmet tief durch, während er auf eine größere Straße einbiegt. Hier scheint nicht so viel gekämpft worden zu sein. Wir können das Tempo erhöhen. Wieder Schweigen im Auto.

„Heißt das, dass die Kinder, die im Krieg geboren werden, Friedenskinder sind, weil sie keinen Krieg wollen?"
„Ja, vielleicht."

Moor

Morgennebel klebt an uns, vor uns, hinter uns, es ist kalt. Die Einheit steht vor einem Birkenriegel. Stangenholz wächst in den nicht sichtbaren Himmel. Wir frieren, sind müde, todmüde, vom Marsch, vom Aufpassen, vom Schlafentzug. Schlafen heißt aufgeben. Vorne und hinten sichern Kameraden den Weg. Die Falle des Feindes ist allgegenwärtig. Der Feind ist immer der andere. Sein Name bedeutungslos, denn der Tod ist immer gleich.

Der Gruppenführer gibt das Zeichen, wir gehen in den Birkenriegel. Baumstämme, dick wie trainierte Männeroberschenkel. Irgendwo singt eine Amsel. Die erste Ruferin des Tages. Ab und an knackt es auf unserem Weg. Dünne Äste auf dem Boden, taubelegt.

Ein leichter Windzug läuft parallel durch den Wald. Birkenblätter schwingen lautlos hin und her, als würden sie uns aufhalten wollen. Spinnennetze hängen immer in Gesichtshöhe zwischen den Bäumen, der Käfer marschiert besser auf dem Boden, die Mücke klebt schon.

Hände auf Gewehren verursachen metallische Geräusche, die Ausrüstung, viele Kilogramm schwer, drückt uns in den moosbedeckten Boden. Er hebt sich wieder, wenn wir vorbeigelaufen sind.

Die Bäume werden weniger, der Abstand zwischen ihnen weitet sich, der Nebel liegt vor uns in der Landschaft. Blaue Stunde, der Übergang von Dunkelheit zu Helligkeit.

Am letzten Baum vorbei, wird der Boden weicher. Pflanzenbulten sind trockene Berge für Frösche, dazwischen Wasser. Schwarzes Wasser gleicht in der Dunkelheit dem schweren ukrainischen Boden. Kaltes Wasser läuft in die Stiefel, wir gehen weiter, die Bäume liegen hinter uns. Der Boden schwingt. Pflanzenmatte auf Wasser.

Die Ausrüstung zu schwer, der Erste durchbricht die grüne Oberfläche. Der Schrei verboten, die Einheit wäre verraten. Er versucht sich an einer Bulte festzuhalten, reißt die Seggen aus ihr heraus. Der Stahlhelm drückt ihn hinunter, wir schauen zu.

Ein paar Meter weiter, der Letzte versinkt. Kein Schuss, kein Schrei, kein Blut an diesem Morgen. Die Einheit verschwunden, die Handys waren im Vorfeld schon ausgeschaltet, eine Ortung unmöglich.

Weiter

Uns gelingt die Flucht. Am Abend erreichen wir die Grenze zu Polen. Die Ausreise ist problemlos. Wir werden nicht einmal kontrolliert. Mykytas Vater überschreitet allerdings nicht die Grenze. Opa darf rüber, weil er alt ist. Hier endet meine Zeit in der Ukraine. Es ist nach wie vor Krieg. Ob ich wieder in die Ukraine zurückkehren werde, weiß ich nicht. Mama hat mich in einer Schule in Krakau angemeldet. Hier gibt es ukrainische Lehrer, die uns unterrichten können. Mykyta und ich sind zum Glück immer noch zusammen und gehen in dieselbe Klasse. Unsere Klassenkameraden aus Fastiw sind allerdings nicht hier.

In Krakau haben wir schnell eine kleine Wohnung gefunden zusammen mit Oma und Opa. Mykyta wohnt, ähnlich wie in Fastiw, nicht weit weg von uns. Das örtliche Krankenhaus kümmert sich jetzt um seine Prothese. Bald braucht er eine neue, weil er zu schnell wächst. Seinem Vater geht es gut. Nachdem er uns an der Grenze abgesetzt hatte, musste er wieder zurück. Für die Rückfahrt hat er aber länger gebraucht als für die Hinfahrt zur Grenze. In Fastiw angekommen wollte er sich wieder seiner alten Einheit anschließen. Diese war aber tags zuvor in einen Hinterhalt geraten. Von seinen zehn Kameraden wurden sechs getötet und zwei verletzt. Die übrigen zwei schlossen sich anderen Einheiten an. Er war also über. Er hat jetzt im Hotel, was wir auf der Flucht genutzt haben, angeheuert. Da es seine Einheit nicht mehr gab, brauchten sie dort im Hotel jemanden, der Minen auf den Fluchtwegen räumen kann. Seine Arbeit ist zwar immer noch gefährlich, dafür ist er aber nicht mehr unmittelbar bei den Kämpfen dabei und ist schon auf dem halben Weg nach Krakau, sollte der Mann aus Russland weiter vorrücken. Mykyta gefällt das. Gefühlt ist sein Papa um die Ecke. Nachdem Mama und ich ein paar Tage in der neuen Wohnung waren, haben wir endlich eine Nacht durchgeschlafen. Das hatten wir viele Monate nicht mehr. Mama wird demnächst in einem Supermarkt anfangen. Oma und

Opa kümmern sich dann um den Haushalt. Opa bemüht sich um einen kleinen Garten außerhalb von Krakau. Er möchte wieder sein eigenes Gemüse züchten und Hühner halten. Zum Glück ist Oma da, aber seinen Garten in Fastiw vermisst er schon sehr. Er hat sich ein Bild von ihm mitgenommen, das jetzt bei uns im Flur hängt.

„Da ist das Foto sicher, weil zwei Wände zwischen ihm und der Straße liegen", hat er mal gesagt.

Irgendwann will ich wieder in die Ukraine. Ich will wissen, wo mein Papa beerdigt wurde. Ich vermisse ihn so sehr. Ich werde ihn finden. Er hat mir ja gesagt, wo er auf mich wartet, und dann sitzen wir zusammen am Teich und angeln.

Fliege an der Wand

W eiße Wand, langer Schatten in langen dünnen grauen Linien auf weißgekalkter Oberfläche, an deren Ende ein unförmiger Knubbel wartet. Ich lehne mit meiner Schulter am Haus und schaue in Richtung Straße. Das warme Licht scheint mir in den Nacken. Es ist später Nachmittag, die Sonne hat ihr Tagewerk bald geschafft und ist auf dem absteigenden Ast. Die Hitze des Tages weicht langsam einer wohltuenden Wärme. Es wird Zeit zum Durchatmen. Pause, ich brauche einen Augenblick der Ruhe. Den ganzen Tag nur laufen, Rennen, Hetzen. Ich kann nicht mehr. Meine Beine zittern, meine Hände fühlen sich taub an. Ich rieche wie ein Iltis, die Klamotten verschwitzt, verstaubt. Sie haben ihre Form verloren. Die Hose klebt mir am Oberschenkel, die Haare am Kopf. Die Arme sind rot gereizt von der Sonne.

Langsam zünde ich mir eine letzte Zigarette an, die Schachtel ist leer, und blase den Rauch die Wand lang, über den Schatten hinweg, der sich kurz ein wenig streckt. Mein Fokus verschiebt sich von der Straße zum Schatten an der Wand, einer schwarzen Stubenfliege. Sie richtet sich neu aus und beobachtet mich mit ihren Facettenaugen. Wer mich von den Augen gerade ansieht, kann ich nicht sagen. Es sind viele, zusammengefasst in diesem kleinen schwarzmetallisch glänzenden Objekt. Ihre bedornten Vorderbeine streichen immer wieder über die Augen, als ob sie sich diese reiben müsste. Dann trippelt sie ein paar Schritte, nur Zentimeter, vor, fährt ihre stempelartigen Rüssel aus, prüft die Oberfläche der Wand, trippelt wieder weiter und wiederholt die Handlung. Sie dreht sich dahin und dorthin, bleibt stehen, putzt ihre Augen, duckt sich etwas, streckt sich wieder und trippelt.

Meine Zigarette wird kürzer, ich blase wieder Rauch zur Fliege, die ihn zu prüfen scheint, aber dann kurz stehen bleibt. Sie richtet sich wieder zu mir aus, schaut und wartet. Lautlose Handlungen münden in einer Art Gespräch ohne hörbare Wörter. Wir schauen uns

an, blicken uns in die Augen, versuchen noch einmal Kontakt aufzunehmen. Ich verstehe sie nicht, die Kontrolle liegt jetzt bei ihr.
Ein eigenartiges Wesen. Was denkt sie? Warum steht sie dort? Wärme tanken wird nicht nötig sein, es war den ganzen Tag genügend
davon in der Luft. Eine Kohlmeise hinter mir singt im blattlosen
Baum. Diese liegen am Boden, alle abgeblasen in einer durchlaufen-
den, unsichtbaren Welle.

Ich zerdrücke die letzte Glut meiner Zigarette an der weißen Wand
und hinterlasse einen kleinen schmutzig schwarzen Aschestempel,
kaum größer als die Fliege. Sie nimmt keine Notiz davon.

Dann stoße ich mich leicht von der Wand ab, gehe auf den Schatten
zu, der kurz auffliegt, mich vorbeilässt und wieder landet. Sie schaut
mir nicht mal nach, sondern setzt ihre Handlungen fort und prüft
den Untergrund. Ich bin ihr unwichtig, dabei haben wir uns gerade
noch angesehen, versucht miteinander zu sprechen. Ich war offen
für eine Unterhaltung, aber sie wollte nicht. Ihre Gedanken waren
andere, als sich mit mir auszutauschen.

Tauben 3

Der Straßentaubenschwarm in Fastiw ist kleiner geworden. Auch sie haben Federn lassen müssen, wie wir alle in dieser Zeit. Sie kreisen immer noch durch unsere Straße, in der ich mal wohnte. Mittlerweile sind viele Menschen weggezogen, viele der Wohnungen sind leer.

Es scheint die Tauben nicht zu stören, denn sie kreisen täglich über den Ruinen. Ob wir Menschen sie interessieren, kann ich nicht sagen. Es scheint, als ob es ihnen egal ist. Füttern wir sie, nehmen sie es mit. Tun wir es nicht … dann eben nicht.

Der Mann aus Russland hat auch gegen sie gekämpft, sie dezimiert. Sie sind weniger geworden, hatten Verluste, Einzelne haben schreckliche Todeskämpfe durchstehen müssen. Sie haben gelitten, haben Partner und Kinder verloren und sich im nächsten Jahr mit einem anderen Übriggebliebenen wieder zusammengetan, um neue Eier zu legen, um ihre Kinder wieder aufzuziehen. Immer und immer wieder im jährlich Rhythmus des Lebens.

Der Schwarm rauscht heute leiser durch die Straße. Aber auch das scheint egal zu sein. Sie machen das, was sie immer getan haben. Fliegen, gurren und, wenn vorhanden, Autos vollkoten. Sie werden auch dann noch da sein, wenn wir es nicht mehr sind. Sie leben dort in unserer Straße und fertig.

Eine alte, krumme Frau am Straßenrand fegt immer noch den Bürgersteig. Sie ist geblieben. Sie lebt im Keller ihrer Ruine. Kochen muss sie im Hof des zerbombten Hauses. Waschen kann sie sich nur mit kaltem Wasser aus einem Eimer. Meistens lässt sie das Waschen ausfallen. Ihr Geruch ist hier bei den Letzten bekannt. Die Fliegen haben sich an ihn gewöhnt.

Ein monotones Scharren erklingt beim Fegen, um die Folgen des Krieges zu beseitigen, während irgendwo Raketen einschlagen und für neue Unordnung sorgen.